Layout + Satz: AD
Herstellung: Druckerei Theiss GmbH, A-9431 St. Stefan

ISBN 3-85420-592-9

Literaturverlag Droschl A-8010 Graz Alberstraße 18
www.droschl.com

Franzobel

Mundial

Gebete an den Fußballgott

Mit Illustrationen von Carla Degenhardt

Literaturverlag Droschl

Der Leib des Herrn löste sich auf der Zunge sehr unwillig auf, weshalb ich einmal auf die Idee kam, die Teigmasse im Mund bis nach Hause zu retten, um sie dort zum Verpicken eines Lochs der »Seele« – so nannte man den rosafarbenen Aufblasbalg eines ledernen Fußballs – zu verwenden. Aber ich kam nicht sehr weit, und der Leib des Herrn wurde von meiner Magensäure schnöde in Empfang genommen.

Günter Brus

WORLDCU

Zuerst hatten wir kein Glück, und dann kam auch noch Pech dazu.

Jürgen Wegmann

Hättewaritäti – eine sonderbare Spezies, unfinnisch

Der Glaube greift tief hinein und rührt uns um, der Glaube, wenn sich alle Hoffnung auf eine Erlösung projiziert, alles Streben einen Mund erfährt, der es dann sagt, der Glaube ist schon wunderbar, ganz einzigartig auch, der Glaube ist schon was. Na, und der Aberglaube erst.
Es ist ja nicht, dass Sportler einfach nur herumturnen, oder die Zuschauer bloß so vor dem Bildschirm hocken, so sieht es vielleicht aus, dabei werden da die unwahrscheinlichsten Rituale durchgespielt. So wie ein Tennisspieler weiß, dass er den nächsten Punkt nur macht, wenn er in der Unterbrechung einen Ball zum Gegner rüberschießt, das Handtuch anfasst und eine Kniebeuge ausführt, war ich lange überzeugt, dass die österreichische Nationalmannschaft immer dann ein Tor schießt, wenn ich ein Wurstbrot esse, während man jede Zigarette jäh mit einem Gegentor bestraft. Solange ich noch nicht rauchte, war die Nationalmannschaft recht gut, leider setzte bei mir ca. 1983 gleichzeitig mit dem Rauchen ein spontan-postpubertärer Vegetarismus ein, was das Schicksal der Unsrigen auf Jahre besiegelte. Gut, vielleicht wird der Glaube ja ins Negativ verkehrt, sobald man sich durch ihn etwas verspricht, denn was ist passiert, seit ich nicht mehr rauche und mich selbstlos einer Wurstbrotmast aussetze? Katastrophen und Debakel.

Doch wahre Gläubige sind nicht zu beirren. Jürgen Kliensmann etwa, das war der ungut blonde Deutsche mit dem Verzückungsgesicht, soll stets ein Amulett des heiligen Joseph von Copertino bei sich gehabt haben, weil der aufgrund seiner nicht immer ganz kontrollierbaren Levitationen (angeblich soll er auch in Bäumen oder Dachböden gelandet sein) Patron der Astronauten und Kopfballspieler ist. Antonin Panenka wiederum hat während der spielfreien Tage vergossene Tränen von den Wangen seiner Töchter geklaubt, von denen jede einzelne ein Freistoßtor bedeutete. Leopold Stastny soll die Aufstellung immer im Traum erschienen sein, und Dokupils glorreiche Rapid (95) hat vor jedem Spiel eine Sachertorte verputzt. Im selben Jahr habe ich übrigens auch mit dem Schicksal geschäkert und beschlossen, beim Bachmann-Preis genausoweit zu kommen wie Thomas Muster bei den French Open in Paris.

Möglichkeiten des Glaubens gibt es viele. In Südamerika werden sogar Rosenkränze in den Vereinsfarben verkauft. Ein anderes, leicht abgeschmacktes Beispiel stammt von Ronnie Hellström, ehemaliger Nationaltorhüter der Schweden, der als Mittel gegen die Schasaugigkeit nicht nur die heilige Lucia verehrte, sondern auch vor jedem Spiel Kalbsaugen verzehrte, roh. Der Lask-Goali Lindenberger soll versucht haben, es ihm mit Linzeraugen gleichzutun.

Mein Onkel Edi wiederum vertritt die These, dass er, er persönlich, bei einem Länderspiel immer leicht schräg, nämlich in Spielrichtung der Österreicher sitzen muss, während der Onkel Adi überzeugt ist,

dass man jedes von ihm getrunkene Bier mit einem Tor belohnt. Bei besonders schwierigen Spielen sind es eben zwei, drei oder noch mehr Biere. So ist also am vergangenen Mittwoch der Edi unbeweglich in Spielrichtung gesessen, während der Adi mit dem Bierverdauen kaum nachgekommen ist, und genützt hat beides nicht. Oder hat es sich gegenseitig aufgehoben?
Im ersten Moment der postejakulatorischen Niederlagsdepression schwört man sich: »Nie wieder! Nie mehr Fußball. Aus!«, doch schon ein paar Stunden später ist es wieder da, das Hättmawamasamma-Vieh, grast alles ab und blökt: Hätten wir eine andere Auslosung gehabt, hätte der Stürmer Haas, nicht der Pudding, den einen oder anderen reingetan, hätte der Torhüter Konsel, nicht der Esel, noch gespielt, hätte der Onkel Adi nicht soviel getrunken, der Edi sich gedreht. Um so viel schlechter waren wir ja nicht, und außerdem sind wir ja nicht irgendjemandem unterlegen, sondern einem WM-Teilnehmer!
Aber es nützt alles nichts. In zwei Jahren geht es wieder los, und dann wird Österreich es schaffen, weil der Glaube ist doch etwas Schönes, greift in uns hinein, rührt um.

Buenos días mein Ohr

Liegt es an der Ungeduld der Kassafrauen oder an der Hast der nachgereihten Kunden, dass ich an Supermarktkassen stets in einen Stress gerate? Um mich abzulenken achte ich neuerdings auf Ohren.
Ohren sind die Außenseiter im Gesicht, verknuddelt wie Frischgeborene, am Rand, man beachtet sie nur kaum. An Ohren macht sich keine Schönheit fest, deshalb sind sie interessant. Wenn man nicht extreme Segelfliegerohren oder verknorpelte Fleischrosen wie die Ringer und Judokas hat, bei denen sich die dauernde Kraftanstrengung, um nicht mehr vergessen zu werden, ins Ohr knotet, fallen sie nicht auf. Kaum etwas ist über eine berufsspezifische Ohrenform bekannt. Haben sich Schwimmer die Läppchen entfernen lassen? Ist die wuchernde Ohrlochbehaarung der Autorennfahrer nur Gerücht?
Ich zumindest war erstaunt, im Ohr der Kassafrau Südamerika zu entdecken, die oberste Rinne warf zudem noch einen Schatten, der Mittel- und Nordamerika erstaunlich glich. Gut, drehte man dieses Becken inmitten der Ohrschnecke nach links, man könnte Österreich erkennen, drehte man nach rechts und zöge noch daran, es sähe aus wie ein Schattenriss der Schweiz, aber für soviel Rotation fehlte mir im Kassastress die Zeit. Während des Bezahlens, jemand drängte schon von hinten, konnte ich wenigstens noch sehen, dass der Gehörgang ungefähr bei

Buenos Aires lag, wo ich eben erst gewesen bin.
Buenos Aires, wo es phantastische Himmel gibt, sogar der Schatten riecht, Buenos Aires, diesem Transvestiten einer europäischen Stadt, wo, anders als beim männlichen Transvestiten, nicht das Frauliche, sondern das Europäische übertrieben wird, angesichts der tristen Wirtschaftslage dem Fußball alle tröstende Funktion zufällt, was man bereits daran sieht, dass die Rosenkränze, die in den Taxis hängen, nicht monochrom, sondern in den Vereinsfarben von River, Boca, Racing oder wem auch immer sind. Fußball und Religion liegen hier eng beisammen. In den Zeitungen erfährt man alles über Batistuta, Veron, Aimar und die anderen Legionäre. Alleine in Spanien spielen über 30 Argentinier, etwa 20 in Italien. Und seit Jänner läuft der Countdown zur WM. Dafür hat es die Winterolympiade praktisch nicht gegeben, war unmöglich zu erfahren, wer in Salt Lake City die Abfahrt, wer das Skispringen gewonnen hat.
Sportberichterstattung ist mit Wetterberichten zu vergleichen, haben doch alle Wetteransager dieser Welt ihr eigenes Land im Rücken, und zwar so, dass man es für das Zentrum hält – ganz egal, ob es nun Armenien, Schottland, Kenia, Uruguay oder Tuvalu ist. Ähnlich ist es auch im Sport, im Zentrum stehen die von den Landsleuten dominierten Disziplinen, für alles andere hat man kein Ohr. So weiß man in Argentinen nicht, wer Simon Ammann ist, und Hermann Maier hält man für den deutschen Namen von Big Brother. Dafür erfährt man alles über Polo, Rugby, Hockey und Galopp. Guillermo Villas hat ein ei-

genes Museum, Fangio und Maradona sind omnipräsent, und Carlos Reutemann, der ehemalige Widersacher von Clay Regazzoni und Niki Lauda, ist Gouverneur einer Provinz und zudem bereits als nächster Staatspräsident im Gespräch. Was das in einem sportverrückten Land, in dem die politischen Unruhen zufällig auch nach einer schwierigen WM-Auslosung ausgebrochen sind, heißen mag, sei dahingestellt. Wahrscheinlich wird aber auch in Zukunft der Sport über die Politik trösten müssen, nicht umgekehrt. Die Argentinier sind es gewöhnt, trotz der Krise sind sie lebenshungrig, freundlich und auch an der Kassa macht noch keiner Stress, kein Wunder, haben sich doch alle selbst im Ohr.

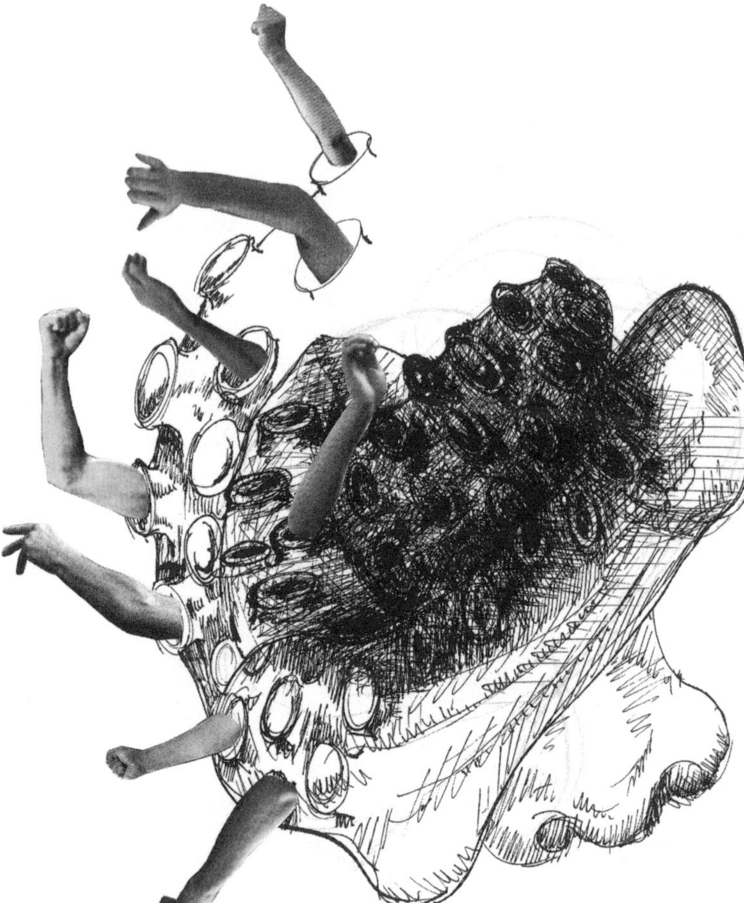

Fußball ist ein Spiel von 22 Leuten, die rumlaufen, den Ball spielen, und einem Schiedsrichter, der eine Reihe dummer Fehler macht, und am Ende gewinnen immer die Deutschen.

Gary Linecker

Der Tag, an dem es Granada spielte. Córdoba 78

Immer wenn ich nach Deutschland darf, und das muss ich oft, stellt sich in mir das sichere Gefühl leichter Verunsicherung auf. Schon das Licht ist anders, schärfere Konturen, nichts mehr verrinnt ins Nebulöse, nichts mehr zieht mich wo hinab, wie Wien das tut, versucht mich festzuhalten, zu verschlingen. Deutschland. Alles regt sich an der Oberfläche, keine Berge, nichts ist schmuddelig – es hieße gleich versnieft. Nichts ist einfach so, zwecklos, den Sinn alleine im Verneinen, wie manche Österreicher mir erscheinen, alles hat Bestimmung, Absicht, Nutzen. Schon die Schaffner – aus diversen Gründen, trotz der Drohungen, Unfälle, Pannen, reise ich noch immer mit dem Zug – sind adrett und freundlich, hilfsbereit und alles, nur nicht mürrisch oder süffisant, aber auch niemals charmant. Niemand spricht mehr kehlig, unverständlich (außer vielleicht den Sachsen), niemand macht den Eindruck, als würde das Aussprechen einer Sache ihn belasten, ganz im Gegenteil, alle freuen sich, so will es scheinen, Dinge loszuwerden. Mündlich. Der Zugchef und sein Team begrüßt nun auch die zugestiegenen Gäste, der nächste planmäßige Halt ist Plattlingen, wo man Anschluss hat auf Bahnsteig soundso nach Undsoweiter, usf.

Vielleicht ist alles ja Klischee und Vorurteil, oder einfach auch nur Bayern, aber jedesmal, wenn der Zug

die Grenzstation passiert, bin ich zu einer Mischung aus Gehemmtheit und Sprachlosigkeit angerührt. Die Deutschen? Schon wegen der Tourismuswerbung darf man ja nichts Böses sagen. Aber ist es nicht so? Alle mischen sich überall gleich ein, zerstreuen sich darüber, sprechen viel und verstehen doch umgekehrt nur die Hälfte dessen, was ich sage, nuschle, kapieren meine Witze nicht, nehmen alles ernst, wissen jedes besser, und sind dabei doch ganz eigentümlich unpoetisch, die meisten wenigstens sind vorhersehbar, ohne Grandezza und Geschichte. Als hätte man die kleinbürgerliche Seite der Heinz Rühmann-Filme in eine Verlängerung gedacht, lauter frankierte Uniform- und Durch-die-Bank-wie-in-der-Werbung-Menschen, sogar die Türken, kommt es mir vor, sind in Deutschland zu besseren Deutschen geworden. Wie sonst ist zu erklären, dass eine derartige Assimilation so reibungslos geschehen konnte?
Damit kein Missverständniseiter aus meiner Missverständniswunde tritt, ich hasse die Deutschen nicht. Im Gegenteil. Denn was sind denn schon wir Österreicher? Der Grind, den die deutsch-italienischen Freundschaften auf den Alpenkämmen abgerieben haben? Ein angeborener Komplex vor allen Autoritäten? Aber zumindest gegen die Deutschen besitzen wir so etwas wie einen Talisman, und der heißt Córdoba und kreischt »Don't cry for me Argentina«, sobald man ihn drückt. Und das passiert häufig. Man gönnt sich ja sonst nichts.
Córdoba, ein Name der sich uns eingeschrieben hat. Die Antithese zu Valencia, ein Gegen-Gijon. Wo es

Granada spielte. Córdoba, ein Name, der nicht meint, was er sagt, dass er heißt, was er verspricht, nicht die Münzeinheit in Nicaragua, die Stadt in der argentinischen Sierra nicht, aber auch nicht die ursprünglich namensgebende im spanischen Süden. Córdoba, vermutlich arabischen Ursprungs, die personifizierte Historie, das Wort gewordene Glücksgefühl, das Aspern des 20. Jahrhunderts, eine der wenigen Stätten eines historischen österreichischen Triumphes im 20. Jahrhundert. Córdoba, allen Fußballanhängern und Biertrinkern die über alle Maßen gehende Größe – nach dem legendären, mir aber unbekannten Wunderteam. Wembley? Berlin? Zürich? Nein, Córdoba ist für mich der geeichte Urmeter aller österreichischen Wuchteln. 21 Jahre später wundert es sogar, dass keine Straßenzüge, Vororte, Walzer, Faschingsbälle, Biere oder zumindest Buchteln in Vanillesauce danach benannt sind. Noch nicht einmal Gärtner sind auf die Idee gekommen, Córdoba-Rasen anzubieten, oder wenigstens Salat. Auch Pilgerreisen gibt es nicht.

Córdoba, ein Fußballspiel. Mehr nicht. Aber was für eins. Österreich gewinnt gegen Deutschland drei zu zwei. Karl-Heinz Rummenigge bringt Deutschland in der 19. Minute in Führung. 40 Minuten später springt dem damaligen Kapitän und Berti, dem späteren Hans Hubert Vogts, der Ball unglücklich ans Knie und von dort ins eigene Tor. Ausgleich. Auf seiner Kapitänsbinde stand übrigens 1978 noch *Spielführer* in gotischen Lettern gestickt. Aber auch in Österreich hieß der heutige Ligaboss damals noch Verbandspräsident und Karl Sekanina, der wiederum mit seinem Trainer Helmut Senekowitsch zerstritten war. Ausgleich. Quark gleich Topfen. Aber nur sieben Minuten später (66.) Erdäpfelsalat, eines der allerschönsten Tore seit es Fußballweltmeisterschaften gibt. Flanke von Eduard Krieger, Krankl, damals noch genannt Hansi-Burli, die Betonung liegt auf unser, stoppt sich den Ball mit der Brust, lässt das Leder auf die linke Schulter tropfen, dreht sich und trifft genau ins Eck. Bereits im Gegenstoß Johannisbeere, gelingt den Deutschen der Ausgleich durch Hölzenbein, der Name sagt schon alles. 21 Minuten später (88.) fixiert Krankl den Endstand, Lungenbraten, drei zu zwei für Österreich. Haschee.

Vielleicht ist dieser Sieg mitverantwortlich, dass Fußball auch bei uns so unerträglich inflationär geworden ist? Einmal in hundert Jahren durften auch wir einen Sieg feiern, jubeln, in den Straßen tanzen oder zumindest daran denken, über den Besiegten lachen, Triumphator sein und wir, oder zumindest daran denken. Es mag sein, dass die Bildung eines Österreichergefühls nach der von einem in Braunau gebürtigen Linzer angezettelten allgermanischen Reichs-Katastrophe ohnehin ein Leichtes hatte. Zumindest aber für meine Altersstufe darf Sport als Faktor zur Erlangung eines Kollektivgefühles nicht unterschätzt werden – auch wenn es sich hauptsächlichst um das Gefühl der gemeinsamen (erwartbaren und im allgemeinen auch eintreffenden) Niederlage handelt. Die Abfuhr als Versinnbildlichung unserer Geschichte, Psyche, ja des Lebens selbst. Großes, so die ewige

Leier, hätten wir erreichen können, wenn nicht, wenn, so aber haben wir am Ende doch verloren. Gurke. Eine ganze Riesen-Monarchie. Quakanien. Disneyland. Billy Wilder. Schwarzenegger. Kardinal König. Thomas Bernhard. Alle.

An jenem 21. Juni 1978 aber hat unser kleiner Pflug (Marke Steyr-Puch) gestochen. Nicht irgendwen, sondern den großen Untertürkheimer Unbesiegbarkeitsacker, auf dem wir seit 1931 nichts mehr zu bestellen hatten. Deutschland war damals noch DDRlos, aber die haben wir ebenso wie die Türkei bereits im Vorfeld eliminiert, was das wunderbare Photo eines rotweiß-roten Pappzylinders auf Schneckerln in Izmir bescherte.

Und nun Córdoba. Ein Sieg, der irgendwie Region geworden ist. Aber wieso? Weil der meistgehasste Österreicher-Schädling, der bauernschlaue Markt- und Bildschreier, dessen Name irgendwie an ein Fahrradflickzeug erinnert und mit Max beginnt, uns ein weltmeisterschaftliches Begräbnis erster Klasse prophezeihte? Weil die seit je her von Fortuna gedopten Deutschen selbst darauf bauten, einen Sieg mit fünf zu null oder höher einzufahren, um noch die Höhenluft buenosairischer Finalreife zu erlangen? Weil wir das Geknickt-im-Regen-Stehen schon gewohnt waren und nach einer eins zu fünf und einer null zu eins Niederlage gegen Holland bzw. Italien ohnehin feststand, dass wir nach Hause fahren mussten, es also nur noch ums Prestige ging – die moderne Form der Ähre? Oder weil Deutschland für uns so etwas ist wie die Ratio fürs Unbewusste? Das Über-Ich fürs Es?

Der lange Darm, an dem wir hängen – auch wirtschaftlich?
Ich war 1978 elf Jahre alt, und Deutschland hieß für mich Freilassing, in das meine Eltern regelmäßig gefahren sind, um billig Sekt, Benzin, Milchprodukte, Zigaretten, etc. zu kaufen. Schon das Verpackungsmaterial dessen, was die Salzburger und Oberösterreicher über Freilassing aus der EWG geschmuggelt haben, hätte gereicht, alle Lassinger Bergwerksstollen aufzufüllen. Deutschland war für mich Konsum, das Land des Hackbratens und der Kartoffelklöße, der Mayonnaiseremouladen und billigen Spielsachen von Martell. Aber unter uns Buben war (möglicherweise geschürt durch überhitzt patriotische Sportkommentatoren) Deutschland das unbeliebteste Land auf der ganzen Welt – wenigstens im Sport. Noch heute scheint der einzige Wunsch fast aller Fußballzuseher: Hauptsache, Deutschland verliert. Aber warum? Weshalb sind die Deutschen so überproportional unbeliebt? Und wir Österreicher uns so sicher, anders zu sein?
Schon das Klima ist anders, das Essen, die Gesichter, und nicht wenige der Vorurteile findet man, wenn man sie sucht, ja auch bestätigt. Der Deutsche ist präzise, klar, der Österreicher neigt zum Diffusen und zur Schlampigkeit – wenigstens bei den Gefühlen. In Deutschland frägt man nach, ist bemüht, auf andere einzugehen, Probleme auszudiskutieren, reinen Tisch zu machen. Man meint in Deutschland, was man sagt. Das ist in Österreich ganz anders, die Form des indirekten Sprechens ist hier Usus. Küss

die Hand. Diese nachgewiesen die Schizophrenie fördernde Sprechweise ist hier derart gang und gäbe, dass sie kaum noch auffällt. Nur Nichtösterreicher kennen sich nicht aus. Man sagt etwas, meint aber anderes damit. Das Gesagte ist die Maske des Gemeinten, »gut schaust aus«, das Angebrannte einer übergegangenen kochenden Milch. Und das ist bis in die Ergebnislisten des Fußballs nachzulesen. Wie oft haben wir es nicht zu gut gemeint, oder gemeint, dass da nichts anbrennen könne, und doch verloren. Vielleicht haben wir ja auch die Deutschen 1978 nur deshalb besiegt, weil wir gemeint haben, dass das ohnehin unmöglich sei. Und vielleicht bedeutet uns dieser Sieg deshalb soviel, weil wir glauben, dass das Meinen dem Ausgesprochenen ausgesprochen unterlegen sei? Auch wenn wir es besser wissen sollten. Vielleicht auch, weil dieser Sieg ein Triumph des Schlendrians über die Korrektheit ist. Ein Sieg des Ungefähr über die Pünktlichkeit? Des Wird-schon-irgendwie über den genauen Plan?

In einem Österreich, das es verstanden hat, sich selbst als erstes Opfer Hitlerdeutschlands zu verkaufen, muss auch das Bedürfnis nach Wahrheit billig sein. Ehrlichkeit ist zwar ein teures Schlagwort aus der Politik, aber im Grunde, glaube ich, glauben wir das, was man uns als Wahrheit vorsetzt, nicht. Und es glaubt auch keiner, dass wir es glauben, wiewohl es zum gesellschaftlichen Spiel gehört, so zu tun, als würde man nicht wissen und durchaus glauben, dass man glaubt. Oder ist das jetzt schon schizophren?

Wir haben uns damit abgefunden, dass die Gesell-

schaft eine Ansammlung von Betrügern ist. Demzufolge ist auch die bessere Gesellschaft nichts anderes als die Gruppe der besseren Betrüger. Der meist katholische Österreicher befindet sich in der steten Gewissheit, ohnehin aufs Kreuz gelegt zu werden – also empfindet er es nur als gerecht, auch selbst ein wenig anzuschmieren und zu schummeln. Österreich das Land der Kavaliersdelikte? Das Land lässiger Sünden? Wenn ja, warum?
Weil wir in der Geschichte zu lesen gelernt haben, das wir selbst ständig betrogen worden sind? Vom kakanischen Amtsschimmel, vom Bürgerkrieg, Hitler oder Karl Schranz in Sapporo? Vom gerade im Sport häufig aufschlagenden in den Minderwertigkeitskomplex umspringen könnenden Größenwahn? Oder wegen der die kleinen Sünden verschluckenden Landschaft, einem dunstig-trüben, großteils grauen Klima, das im Denken wenig Klarheit, dafür aber das Unbewusste fördert?
Am 21. Juni 1978, als der Sohn eines Straßenbahners aus dem 10. Wiener Gemeindebezirk die sich außer Form befindlichen deutschen Nationalspieler Kaltz und Bonhof überspielte (letzterer ist gerade in Gelsenkirchen für den Polster der Nation die ihn erstickende Tuchent) und den Ball vorbei an Sepp Meier ins Netz schob, der Reporter Eduard Finger sein legendäres *I wer narrisch, i wer narrisch* und *Jetzt meine Damen und Herren dürfen wir uns aber ein Vierterl genehmigen* in den Äther schrie, war das alles kurz vergessen, hatte man Anlass zur Verdrängung.
In Wien hupten die Autos auf den Straßen, oder man

stellte es sich vor, weil man ja eigentlich ganz etwas anderes meinte. Aber so genau wusste man es auch nicht, oder wollte es vielmehr gar nicht wissen. Sicherheitshalber betrank man sich allerorts, vielleicht, um das Unbewusste wieder in die Welt zu lassen. Und man war ein wenig wehmütig, weil man ja dennoch ausschied. Wieder einmal hatte sich gezeigt, wir hätten es gekonnt, wenn wir getan hätten, wie wir gemeint haben, dass wir können werden müssen, wenn es geht. Wir haben aufgezeigt, die Streber eines Besseren belehrt. Mehr nicht. Soweit der Talisman, der ewige Streit zwischen Binde und Tampon. Das aufgesaugte Vorurteil. Aber heute, 21 Jahre später, haben auch in Deutschland die Züge schon Verspätung. Und unsere Helden von damals sind auch fast nur Legende. Vielleicht weil sie sich selbst dauerhaft bemühen, dem ureigenen österreichischen Instinkt nachzukommen, der ehemalige Sieger scheitern, ehemalige Stars verbrennen sehen will. Friedrich Koncilia, Robert Sara, Erich Obermayer, Josef Hickersberger, Herbert Prohaska, Johann Krankl, Wilhelm Kreuz, Kurt Jara, Heribert Weber sind mittlerweile Trainer. Walter Schachner spielt noch immer. Nur an Franz Oberacher, eingewechselt in der 71. Minute, kann sich kaum noch wer erinnern.

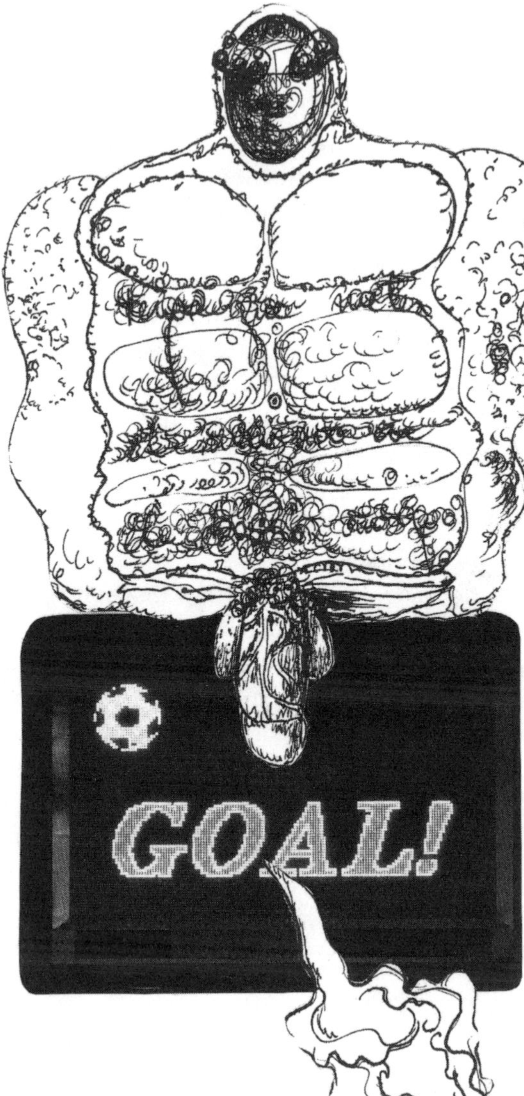
GOAL!

Für mich gibt es nur entweder–oder, also entweder voll oder ganz.

Toni Polster

Einwurf

Fußball, so meine These, ist ein spermazoides Spiel. Ein Großfamilienersatz und unverbindliches Gesprächsthema. Gedanken zum Symbol, das wieder einmal die Welt umspielt. Neueste Erkundungen zum Acker, der die Welt bedeutet. Ein Querfeldein und Feldverweis mit Anlass.

Foul! Fußball, argumentieren die Wadelbeißer und Sportverächter, ist brutal und stumpfsinnig, fördert den Fremdenhass, den Grölgesang und schlechten Ton: »Du Oaschloch, schleich di.« Fußball, näseln die Tennisspieler, ist ein Proletensport. Die Stadien sind Nester für die Radikalen, mit Rechtsaußen voll, mit Biergesang und Knittelvers. Der Trieb wird ausgelebt, der stumpfe Sinn, das animale Anormale. Das ist der eine Fuß, das Standbein aller Gegner.
Spielt man den Ball der anderen Seite zu, dann ist erstaunlich, welche Massenwirkung Fußball hat. Mit Ausnahme von Nordamerika hängt sich alle vier Jahre die ganze Erdkugel an das weltmeisterschaftliche Gerenne nach der Lederwuchtel an. Es gibt keine Staatsbürger mehr, keine Besonnenen, sondern bloß noch blinde Anhänger und Daumendrücker. Vom Szenelokal bis zu den öffentlichen Toilettanlagen, überall werden Großleinwände, Monitore oder zumindest Radioapparate aufgestellt, die Passanten mit Fußball zu attackieren. In Italien, Österreichs drittem Geg-

ner (1998), wo schon während der normalen Saison drei Tageszeitungen (Tuttosport, Gazzetta dello Sport, Corriere dello Sport) beinahe ausschließlich über den Stiefel, wie der Fußball dort heißt, berichten, und wo der Trainingseinheit einer x-beliebigen »Seria A«-Mannschaft mehr Menschen beiwohnen als in Österreich einem durchschnittlichen Bundesligaspiel, gibt es während der WM überhaupt nur eine fußballfreie Zone, nämlich die Kirchen – und sogar da steht zu vermuten, dass die Gläubigen das Geglaubte um einen Sieg der Azzurri anflehen. Aber auch die österreichischen Medien widmen, und das nicht nur während der Weltmeisterschaft, dem Fußball einen Großteil ihres Raumes. Und nicht nur seit Beckett sind die Intellektuellen dagegen keineswegs immun. Ja, es ist gerade unter Dichtern, Philosophen, Regisseuren und Künstlern, will es mir zumindest scheinen, Mode geworden, »Bekennender« zu sein. Fußballanhänger.

Zumindest die männliche Jugend wird in unserem Land mit dem Freistoß-Sport sozialisiert. Schon früh hat man sich zu entscheiden, welchem Verein man ein ganzes Leben lang die Fahne schwingt – eine übrigens endgültigere und folgenschwerere Entscheidung, als es dem kindlichen Bewusstsein greifbar ist. Denn wie mag das Leben eines Vienna-, Admira-Mödling- oder gar Sportklub-Anhängers anders verlaufen als das eines Bayern oder Rapidlers!? Ist der eine immer zaudernd und vor lauter Abstiegsangst erstarrt wie die Jungfrau vor der Schlange, zählt für den anderen nur die Meisterschaft, das Internationale, das Geschäft. Man wechselt im Laufe eines Lebens vielleicht die politische Einstellung, seinen Geschmack, seinen Glauben, die Frisur, Gewohnheiten, niemals aber seinen Verein – ohne recht zu wissen, weshalb man sich eigentlich dafür entschieden hat. Denn begründbar ist das nicht, zumindest nicht rational.

Freilich stellt sich die Faszination erst dann ein, wenn man überhaupt zu einer Mannschaft hilft, egal zu welcher. Der rein ästhetische Genuss-Catenaccio mag zwar zumindest für weibliche Fans, die sich angeblich ohnehin weniger für die vordergründigen Resultate als mehr für die pari stehenden Hintern interessieren, eine Weile lang her und hinten dicht halten, wird aber längerfristig dem Ergebnisdenken keine Paroli bieten können und also überrannt werden – da können die Brasilianer gaberln soviel sie wollen. Attraktiv wird das Spiel vor allem deshalb – wenn man die aber- und abertausenden Stunden ignoriert, in denen (von Lunge- und Leberödemen abgesehen) außer einem langweiligen Hinundhergeschiebe nichts passiert –, weil (analog zur Wirklichkeit, zum sogedachten Leben) der Status quo kein endgültiger ist, weil etwas passieren könnte, innerhalb von Minuten Tore und Entscheidungen fallen könnten, und, was dem Fußball im Vergleich mit fast allen anderen Sportarten eigen ist, auch eine unterklassige Mannschaft gegen ein hochbezahltes Profiteam gewinnen kann. In der Regel liefern freilich gerade die mit Spannung und Vorberichten erwarteten Spiele ein zweites Gijon – jenes Guernica unter den

Fußballspielen, als sich Österreich und Deutschland bei der Weltmeisterschaft 1982 ein legendäres *anything goes* demonstrierten.
Vielleicht hat besonders Fußball – wie tendenziell auch jeder andere Mannschaftssport – etwas mit dem Ersatz der Großfamilie zu tun, der Sippe. Was in einer föderalistisch-ländlichen Struktur in Bauer, Großknecht, Knecht und Depp unterteilt war, wird im während der Industrialisierung entstandenen Fußball als Spielmacher, Stürmer, Mittelfeldspieler, Vorstopper, etc. numeriert. Daneben gibt es Kaiser, Herzöge und Wohlfahrt, Manager, Trainer, Platzwart. Was früher in der Gemeinschaft und ihren festen Sitten und Gebräuchen Ordnung und Kodex fand, ist den Holzhackern und Bloßfüßigen im FIFA-Regelwerk ans Bein gestrengt. Waren die Vollstrecker dieser Gerichtsbarkeit im wirklichen Mittelalter mit Strafverfügungen wie Prügel, Essensentzug und Entkommunizierung ausgestattet, haben die Instanzen im Fußball bloß gelbe und rote Karten, die vielleicht für Fegefeuer und Hölle stehen. Wie das Recht galt auch das Fußballregelwerk lange Zeit als gottgegeben, bis man vor einigen Jahren, zum Unmut vieler, einige Modifikationen durchführte (Rückpassregel, Abseits auf gleicher Höhe, etc.). Für das Abseits, das Abc für die Analphabeten unter den Zusehern, sind übrigens die im Österreichischen als Outwachler umkosten Linienrichter zuständig, deren dubiose Rolle vor allem darin besteht, Vergehen anzuzeigen – vergleichbar vielleicht den Hinweisanrufern der Sendung *Aktenzeichen XY ungelöst*.

Ist es also ein Trieb nach Sippe, nach Gemeinschaft, menschelnder Wärme und Brut, der die Anhänger zu den Vereinen strömen lässt, die Menschen für den Fußball interessiert? Ich vermute es. Wird doch hier eine Ordnung vorgelebt mit einem System von Gut und Böse, einigermaßen festen Regeln, einer in Punkten messbaren Zählbarkeit, die in vielen anderen Segmenten der Gesellschaft ins Wanken, Umspringen und Undeutliche geraten ist. Im Fußball steht sie fest. Es gibt eine Tabelle, Nah- und Fernziele, den Abstiegskampf, die Meisterschaft. Und das ist wohl ein weiterer Punkt, der diesen Sport so populär macht – auch oder gerade unter Schriftstellern: man kann darüber reden, ohne sich gleich zu veräußern. Fußball bietet Stoff, sich zu äußern, ohne etwas sagen zu müssen. Man kann Farbe bekennen, ohne sich deshalb gleich in eine Haltung zu versteifen. Man kann der Meinung sein, dass alles ganz anders kommen hätte müssen, wenn der Ball in der besagten Minute nicht an die Latte gegangen wäre, der Schiedsrichter anders entschieden hätte, der Trainer nicht alle Entscheidungen gefällt hätte, einer eingewechselt worden wäre, der Spielmacher nicht abgeholzt worden wäre, usf. Man bringt sich, indem man darüber spricht, selbst ins Spiel, kann sich seine Existenz beweisen, darf anderer Meinung sein, widersprechen. Da die meisten Spiele schon nach kürzester Zeit in Vergessenheit geraten sind, kommt dem darüber Gesagten ohnehin kaum eine Bedeutung zu. Das, was Fernsehreporter gerne unterstellen, nämlich »darüber wird man noch lange sprechen« gilt nur für ganz wenige Begebenheiten ganz weniger Spiele. Das Durchschnittsspiel ist kein Ereignis, sondern (zumindest im nachhinein) belanglos. Der Duchschnittsfußballer endet noch immer nicht als Kaiser in Kitzbühl, sondern als ein die B-Jugend trainierender Tankstellenpächter oder Trafikant. Meine Generation wuchs noch mit einem einzigen Zehnminuten-Fernsehbericht über die Bundesliga pro Woche auf, die damals noch nicht Max, sondern erste Division geheißen hat. Heute gibt es Vorberichte, Nachberichte, Livespiele, Zusammenfassungen, Aufzeichnungen, usw. Soviel, dass ein Kabelfernseher vermutlich zu jeder Zeit eine größere Chance hat, irgendwo einem Fußballspiel zu begegnen, als sie ein begabter Elferschütze hat, den Ball im Tor unterzubringen. Was man früher nur hinter vorgehaltener Hand zugeben wollte, nämlich dass man sich für Fußball interessiert, ist heute schon beinahe eine Selbstverständlichkeit. Der telegene Politiker lässt sich nicht mehr auf Vernissagen sehen, sondern demonstriert in VIP-Logen inmitten der Semiprominenz Volksverbundenheit. Und dennoch ist noch keine Sättigung erreicht, liefert dieses Spiel anscheinend noch immer genügend Identifikationsangebote, einen derart reizvollen Stellvertreterkrieg auszuleben, dass es sich, obwohl die heutige Jugend mit Basketball, Skateboard, etc. genügend Alternativen gefunden hat, für fast alle Produkte zu lohnen scheint, auf dem Fußball herumzutrampeln. Von der Scheckkarte bis zum Bier, vom Müsli bis zum Möbelhaus gibt es kaum eine Ware, die nicht irgendwie mit Fußball in

Verbindung gebracht werden will. Alle wollen die Weltmeisterschaft für ihre eigenen Ansinnen nützen. Das geht sogar so weit, die Kunst an den Fußball anzuhängen. So fand etwa im Rahmen der Weltmeisterschaft 1998 eine Art Stückemarkt mit Theatertexten aller am Turnier teilnehmenden Länder statt, bei dem mein »Kafka. Komödie«, das wirklich nichts mit Fußball am Hut hat, Österreich vertrat.

Was die Politiker samt den großen Warenhäusern, Fastfoodläden und Hotelketten mit lieber Not zu erreichen scheinen, nämlich ein uniformes Europa, scheint der das Regionale und Vereinsmäßige betonende Fußball zu überspielen, das ist das Plebejische daran. Andererseits ist gerade dieses spermazoide Spiel, wo es darum geht, den verhältnismäßig kleinen weißen Ball zwischen den benetzten Schenkeln des Tores unterzubringen, gehörig in den designten Einheitskrug geplumpst. Eines Tages werden wir in den den Vereinen gehörenden Spitälern geboren werden, in Vereinsschulen gehen, Schlachtgesänge lernen, Vereinsdressen tragen, aus Tassen mit Spielerkonterfeis Kraftnahrung löffeln, Vereinszeitungen lesen, in den den Vereinen gehörenden Fabriken arbeiten und unsere Freizeit damit verbringen, übertragenen Trainingseinheiten beizuwohnen, und uns fragen, was das soll.

Unfall mit Trainer

Sehr geehrte Ligakommission, in Beantwortung Ihrer Bitte um zusätzliche Informationen möchte ich Ihnen Folgendes mitteilen: Bei Frage 3 des Unfallberichtes habe ich »ungeplantes Handeln« als Ursache meines Unfalls angegeben. Sie baten mich, dies genauer zu beschreiben, was ich hiermit tun möchte. Ich bin von Beruf Fußballtrainer. Am Tag des Unfalles arbeitete ich alleine mit der Nachwuchsmannschaft. Als ich mit meiner Arbeit am Ende war, hatte ich etwa 350 kg Spielermaterial fertiggemacht. Da ich die kaputten Spieler nicht die Stadiontreppe hinunter tragen wollte, entschied ich mich dafür, sie in einer Tonne an der Außenseite des Stadions hinunterzulassen, die an einem Seil befestigt war, das über eine Rolle lief. Ich band also das Seil unten auf der Erde fest, ging auf das Stadiondach und belud die Tonne mit den maroden Verteidigern, Mittelfeldspielern und einem Libero. Dann ging ich wieder nach unten und band das Seil los. Ich hielt es fest, um die 350 kg Spieler langsam herunterzulassen. Wenn Sie in Frage 11 des Unfallbericht-Formulars nachlesen, werden Sie feststellen, dass mein damaliges Körpergewicht etwa 75 kg betrug. Da ich sehr überrascht war, als ich plötzlich den Boden unter den Füßen verlor und aufwärts gezogen wurde, verlor ich meine Geistesgegenwart und vergaß das Seil loszulassen. Ich glaube, ich muss hier nicht sagen, dass ich mit immer größerer Geschwindigkeit am Stadion hinauf gezogen wurde. Etwa im Bereich der oberen Stehtribüne traf ich auf die Tonne mit den Nachwuchsspielern, die von oben kam. Dies erklärt den Schädelbruch und das gebrochene Schlüsselbein. Nur geringfügig abgebremst, setzte ich meinen Aufstieg fort und hielt nicht an, bevor die Finger meiner Hand mit den Fingerspitzen in die Rolle gequetscht waren. Glücklicherweise behielt ich meine Geistesgegenwart und hielt mich trotz des Schmerzes mit aller Kraft am Seil fest. Jedoch schlug etwa zur gleichen Zeit die mit den Spielern beladene Tonne unten auf der Erde auf, so dass der Boden aus der Tonne heraussprang und die Nachwuchsspieler selbst unverletzt auf dem Stadionvorplatz saßen. Ohne das Gewicht der Spieler wog die Tonne nun natürlich nur noch etwa 20 kg. Ich beziehe mich an dieser Stelle wieder auf mein in Frage 11 angegebenes Körpergewicht von 75 kg. Wie Sie sich vorstellen können, begann ich nun einen schnellen Abstieg. In der Höhe der oberen Stehtribüne traf ich wieder auf die diesmal von unten kommende Tonne, woran später Abschürfungen an meinen Beinen und meinem Unterleib erinnern sollten. Der Zusammenstoß mit der Tonne verzögerte meinen Fall, so dass die Verletzungen beim Aufprall auf den Spielerhaufen gering ausfielen, so brach ich mir nur drei Wirbel, einem Mittelfeldspieler das Genick und dem Libero eine Zehe. Ich bedaure es jedoch, Ihnen mitteilen zu müssen, dass ich, als ich da auf dem Spielerhaufen lag und die leere Tonne sechs Stadionstockwerke über mir sah, nochmals meine Geistesgegenwart verlor! Ich ließ das Seil los, womit die Tonne diesmal ungebremst herunter kam und mir drei Zähne ausschlug und das Nasenbein brach. Seither, wie Sie sich vielleicht denken können, habe ich eine leichte, wie ich in Frage 14 des Unfallberichtes angegeben habe, Abneigung gegen Fußball.

0:0

Ich habe nie an unserer Chancenlosigkeit gezweifelt.

Richard Golz

Alles Blunzen

Oktober 2001: Isst Matthäus eine Blunzen? Weiß er, was das ist? Kann er das? Oder verzieht er angewidert den Mund und fragt: »Gehört sich das?« Aber was gehört sich noch? Und wer? Fusionen und Verkäufe überall, alte Feinde gehen plötzlich Hand in Hand. Wem gehört eigentlich die Bank Austria? Und was passiert? Ein Bayer wird Rapidtrainer, was nur insofern passt, als auch die Weißwurst kleingehackte Spuren Grün enthält. Den Schilling gibt es bald nicht mehr, der Euro kommt. FC Bayern, Frank Stronach und die Euroristen überall.
Der Euro wird wie Fußballerleibchen; vorne das Logo, hinten die Besonderheit. Die Münzen-Rückseiten dürfen die einzelnen Länder nämlich selbst gestalten. Deutschland etwa hat den ein 1:5-Gesicht machenden Bundesadler ausgewählt, und Österreich? Ich schlage vor, die dauernden ballestrischen und diplomatischen Demütigungen mit Ansprüchen der Tourismusindustrie zu koppeln und die Euro-Rückseiten mit einer hauchdünnen Blunzenschicht quasi zu emaillieren. Zum einen entsprächen die weißen Speckwürfel im Weinsatzrot den Landesfarben, zum anderen würde damit mitgeteilt, wir sind ein Land der Gastronomie, keines der Bewegungskünstler, und schließlich ist die Blunze ohnehin das ideale Globalisierungsgericht, eine einzige Fusion, optimal, den europäischen Gedanken auf den Teller zu bringen. Auch

der weitverbreitete Blunzenekel würde so ein bisschen abgebaut.
Übertrüge man die Hoffnung, die man den heimischen Kickern so selbstverständlich und absurd bis Antwerpen und Zizkov nachträgt, auf die Blunze, man könnte ganze Speisekarten darauf dichten: Blunzenlasagne, Blutwurstbolognese, Aktivsalat mit Blunzen, Blunzen-Pizza und zum Nachtisch Blunzen-Split, Blunzen-Eiskaffee. Aus der Blunze ließe sich noch etwas machen. Aber aus den Fußballern? Noch nicht einmal der Trick mit dem Wiederholungsspiel-Herausschinden hat den Tiroler Knödeln was gebracht.
Alle anderen Mannschaften sind zur Zeit vom europäischen Mittelmaß so weit entfernt wie ein Blunzenradl von einer Hostie, dass es sich schon aus Gründen der Unterhaltung empfiehlt, die Taktik für den Uefa-Cup mit speziellen, noch zu kreierenden Schmankerln aufzufetten. Sonst fallen nämlich alle durch das Sieb der ersten Runde. Zum Beispiel könnte man kleine Menschenkreise bilden, in deren Mitte ein einzelner mitsamt dem Ball in Richtung Tor läuft. Oder man erzwingt eine fahrlässige Deckung, indem sich die Stürmer ab der Kasernierung nicht mehr waschen. Eckbälle wären effizienter, wenn die Angreifer eine Räuberleiter machten. Und eine Schule für ungesehene Fouls und Beleidigungen wäre sowieso von dauerhaftem Nutzen. Denn eines ist gewiss, der österreichische Fußball hat international nur dann noch Chancen, wenn er es schafft, das Blunzisch-Kulinarische aufs Spielfeld zu übertragen. Nicht nur die säkulari-

sierten à la nouvelle cuisine überbackenen Blunzenschnitten sind gefragt, auch das derbe Gröstl.
Wunderbare, ja geradezu phantastische Blunzen gibt es übrigens beim Gasthof Strohmer in Raabs an der Thaya, der dafür auch schon das eingeheimst hat, wofür sich die Fußballer noch nicht einmal qualifizierten: diverse Europameistertitel. Wo es wunderbaren Fußball gibt, weiß ich nicht. Hier spielt man eher das Zergatschte. Was das ist, sollte der neue Rapid-Trainer möglichst bald herausbekommen, denn ein Servus alleine reicht zur Liebe nicht.
April 2002: Matthäus ist mit Rapid nicht abgestiegen, aber viel hat nicht gefehlt …

Sache die bedeutet. Ein Austausch.

Etwas rundes Lederstrumpf läuft panisch über die Halme gewusster Farbe, schlägt Purzelbäume in die Achse eigentlich, dass der Blick darauf aus ist, was zählt: einer hebt seine Hand zum Zeichen, dass die Entscheidung im vollen Umfang über den Streifen Kreide lief, dass der Lotse sein Fähnchen lässig aus der Hüfte hievt, ein pfiffiger Jargon Zäsur setzt. Punkt. Ein Beteiligter nimmt die Sache in die Hand, verwirft den Gedanken zum Hickhack divergierender Poetiken, wobei einer meint, seine Meinung wäre wesentlich, dem ein anderer widerspricht. Die Anwendung der These an ihr selbst hinterlässt Spuren: gebüschelte Erde tanzt Parodie. Noppen gabeln an der Wuchtel, verteidigen Konvention bis das, was gesagt werden muss, gesagt ist. In die Rede fällt Beistrich, schwere Fäden Elefantenleder, um Haut gezurrt, verzerren das Bild, schieben die Verantwortung ab, bis es der Autor nicht mehr mitansehen kann: Er wechselt die Methode:
Bald läuft der stehende Witz wie Weizenbier und Abziehbild und bildet sich Bildung ein, was fällt, pellt Gras ans Bein. Halsüberkopf als Übertopf, der Blüten pfropft, stopfen Löcher aus der Wolle, wollen Gedicht und Gedränge. Wo es doch soviel Spaß macht mitanzusehen, wie das Gebündel um die Sache rauft, rauft sich der Bezug das A, wenn es darum geht zu verworten, das Gefühl zu setzen. Schon stoßen

Schubser an, geben der Sache einen Tritt. Ein Gedanke tankt sich durch, spielt aus und setzt an zur Diskursbestimmung: Es geht um Diesunddas, was soundso aussieht. Doch die Verteidigung steht wie ein Mann: So leicht geht das nicht, Freundchen, damit kommst du bei uns nicht durch. Schon stockt die Rede. Es stimmt ja tatsächlich, dass das Dahergesagte schnell antritt und zur Bedeutung ausholt, aber noch macht das keinen Sinn. Die Crux dabei ist, dass der Sinn außerhalb des Spielfelds im benetzten Raum liegt. Wenn die Sache dort landet, ist es passiert: Der Mann, dem ein Eingriff erlaubt ist, greift zu seinem Werkzeug, Jubel jubiliert und lässt sich treiben: die Welle der Woge wiegt weit und dramatisch: ab. Die Szene bestimmt das Geschehen: die Meinung darüber ist geteilt – die bestechende Dichotomie darf nicht bestochen werden. Punkt. So kontert Kastendeutsch die Rede: Warum spreizt sich das Wasweißich zum Ichweißwas? Alles viel zu billig: Das Spiel, die Plätze, die Wurst, aber darum geht es. Darum, dass ich mit einem Mordsrausch sitze und versuche zu artikulieren. Das ist mein Spiel, meine Geschichte, und der Dynamo läuft. So Gedanken dahergedacht, nicht einmal gedacht, einfach geschrieben, aber, wie gesagt, viel zu billig. Zu einfach und im Kreis gesprochen, mehr fällt mir dazu wirklich nicht ein, außer vielleicht etwas Gedicht, leicht gemacht:

Ins Laufen gebrachte Stellung

Hinter jedem Tor verborgen Tür
passt die Klinke gerade
dass die Flanke Banane
Stürmerkopf verfehlt, schade

Dann fällt er hin
mehr getreten als gezogen
fliegt als Schwalbe seinem Sinn
pfeift sich Sache zu

Will aus Faulheit ich
nicht vor, noch weiter
fall ab, was Leiter
lass Lyrik wieder sein, Beistrich

Also andersrum, Personen zu, deutschem Ribbeck, weil das mehr verstehn: Der Stein heißt Ulli, Uwe das Bein, was für ein Furtok! Wouters im Fluss, den ganzen Effenberg hinab und hinauf auf den Sippel, pfeift sich der Marschall sein Valencia: großartige Sätze, voller Sane, bis der Vauefbe zum Esce wird, ist mir die Methode klebriger Hoeness, so lässt sich das Hitzfeld nicht beschreiben, bleibt sammernder Binz, geht die phonetische Völlerei zu hobsch, wird keiner heidenreich, bleibt dem Kahn sein Reck im Buchwald, was nicht doll ist. Also eilts als Gaudino dahin, usw. – Da hat der Bundes-Berti gut lachen.
Und die Lust, die verdammte? Wo kommt sie her? Warum ist die ganze Welt interessiert, will jeder

Weltmeister werden und justament, werden Aggressionen sublimiert, wird Fremdenhass geschürt, oder verständigen sich die Völker, was macht den Reiz aus und wie beeinflusst die Farbe der Dressen den Ausgang? Ist tatsächlich alles möglich, und wann fällt die Entscheidung, zu wem man hilft? Was machen die Spieler später, sind alle Tankstellenpächter, was machen die Zuschauer, wenn sie nicht zuschauen und auf wen darf man bauen? Simmt es, dass Brasilianer begnadet sind, und warum komme ich nicht los davon, bleibe an den Resultaten kleben und sehe mir an, was geht, was pfeift und ab.

Schiedsrichter kommt für mich nicht in Frage, schon eher etwas, das mit Fußball zu tun hat.

Lothar Matthäus

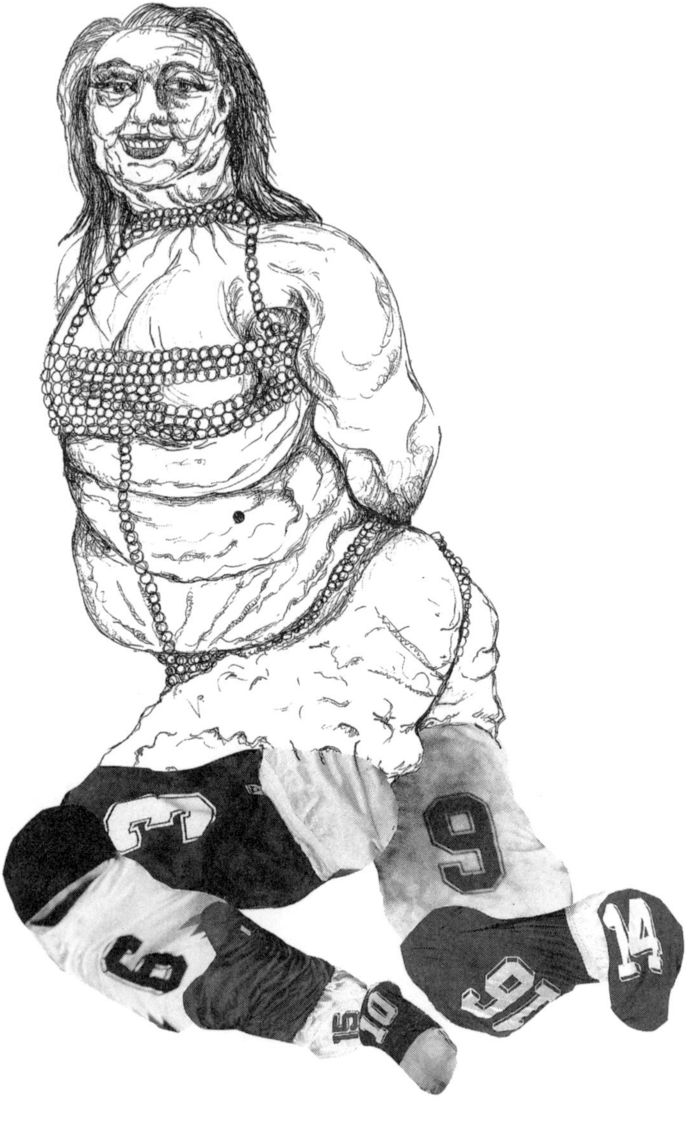

Friedhof der bitteren Orangen

Es ist noch gar nicht Fasching, und doch gibt es schon Krapfen. Nicht nur die verbal im Sprachfett herausgebratenen vom Kärntner Präsidenten, auch richtige: kleine maschinengefertigte Teigwuzln, die das originale Krapfenerlebnis zumindest in blasse Erinnerung rufen. Vielleicht gibt es ja in Kärnten noch richtige Bäcker? In Wien sind die alle aufgekauft. Nur noch Fertigteigfabriken, wo die Verkäuferinnen auch noch backen müssen. Beim Verzehr dieser in Wuchteln verankerten Bojen muss man aber trotzdem aufpassen. Nicht nur, weil es einen von den verwendeten Treibmitteln fast zerreißt, auch die Gefahr eines jähen Marillenmarmeladensuizids ist nicht zu unterschätzen. Dann macht es pffft, die Marmelade schießt heraus wie ein Andi Goldberger aus dem Sommerloch – und landet auf der Hose. Um das zu verhindern, empfiehlt es sich, den Krapfenverzehr beim Einspritzloch zu beginnen. Ob das auch beim Präsidenten des FC Kärnten helfen würde, kann ich Gott sei dank nicht sagen. Fettige Finger freilich bekommt man immer.

Zwei Berufsgruppen aber gibt es, die dieses Problem bestimmt nie haben, sind sie doch privat auf alles Runde allergisch. Bei den Jongleuren geht es sogar soweit, dass sie nicht einmal von Bauernkrapfen träumen dürfen, weil auch die den Jonglier-Ringen gleichen. Fußballkommentatoren wiederum bekom-

men bei Knödeln, Krapfen und Fleischbällchen schon vom Hinschauen Speiseröhrenkrämpfe.
Fußballkommentatoren sind die »Berliner« unter den krapfenartigen Mehlspeisen. Seit ich vor 15 Jahren im Studentenheim einen Mitbewohner hatte, dessen alternativer Berufswunsch es war, Fußballkommentator zu werden, weiß ich, wie schwer das ist. Heute ist er Vertreter für Aquarienzubehör. Schnell sollte man sein, spontan, objektiv und dabei geistreich, witzig, gar poetisch. Die Kommentatoren im österreichischen Fernsehen sind meist aber leider alles zusammen und zugleich nicht. Was auch schon wieder eine Kunst ist. Entweder beschränken sie sich darauf, das Geschehen sachlich zu benennen. Oder die Emotionen gehen mit ihnen durch, und sie werden Parteigänger ihrer eigenen Affekte. Die Innung der Fußballkommentatoren suhlt sich seit 23 Jahren in der genialen Inspiration eines *I-wer-narrisch*-Augenblicks. Zugegeben, hin und wieder gibt es Marmelade, die samstäglichen *Achtung-Achtung-hier-ist-das-Soundsostadion*-Brüller im Radio sind schon wieder reizend, auch die Werbestaffel von Edi und Adi ist ansehnlich. Aber eine fernsehgeschichtliche Kostbarkeit wie nach dem Abpfiff in Tel Aviv, wo Hans Huber den Eklat ausrief, weil er fürchtete, mit Orangen gesteinigt zu werden, geschieht nur in den seltensten Momenten geglückter Koinzidenz. Ich möchte diese Sequenz übrigens unbedingt in einer Wiederholung sehen. Oft.
Der Rest ist teigig. Warum hat der ORF nicht mehr Courage vor der Meinung, die er ohnehin selbst fa-

briziert? Warum werden Co-Kommentatoren eingeladen, bei denen sogar ein aufgegangener Hefeteig wieder in sich selbst zusammenfällt? Warum ladet man nicht Philosophen, Biologen oder Ärzte ein? Dann erfährt man während so einer Fußballübertragung wenigstens etwas. Nein, ich erwarte keine Exegese, aber zumindest den Ansatz einer Analyse. Warum werden diese Kameraden nicht in die Schule für Dichtung, in philosophische Seminare, Museen oder Haubenrestaurants geschickt? Warum sind sie derart uninspiriert? Oder ist das schon Methode?
Auch Schiedsrichter werden benotet, Trainer verlieren ihre Bank, Spieler werden schon wegen Lappalien strafversetzt, sogar für Marmeladeflecken aus Kärnten gibt es eine von der Bundesliga gestellte Ethik-Kommission. Aber was gibt es für Kommentatoren? Honig? Oder ein Buch von Josef Winkler, nach dem dieser heutige Ausflug benannt ist? Hoffentlich. Der Kärntner Landesherr bekommt dafür das Neueste von mir: »Austrian Psycho oder der Rabiat-Hödlmoser«, worin es ebenso eine Stelle der Komplett-Verstronachisierung wie auch eine Anleitung zur Eroberung der Hofburg gibt.

4. 11. 01: Jörg Haider, der Präsident des FC Kärnten, hat die Schiedsrichter als käufliche Ganoven bezeichnet. Man hatte dem FC Kärnten drei Tore wegen Abseits aberkannt, worauf die Wiener Austria 2:0 gewann.

Die Anatomie der Schiedsrichter

Während meiner Schülerligazeit gab es die Legende, ein Schüler namens Georg Kosch hätte auf eine ihm gezeigte rote Karte respondiert, indem er sich umdrehte, seine vier Buchstaben entblößte und den Schiedsrichter zu einer seit Goethe vielzitierten Dienstleistung aufforderte. Wir Schüler empfanden dieses legendäre »m'oasch« als mutig, aber angemessen, waren doch Schiedsrichter Despektspersonen, Unsympathler, potentielle Päderasten. Ihre ganze Autorität waren eine lächerliche Pfeife und die Dressen mit kurzer Hose, damals noch in Schwarz, Bestatterfarbe. Mittlerweile gibt es weder weiße Tennisbälle, noch schwarze Schiedsrichter. Im Gelb hat man sich getroffen, wobei die Leibchen der Unparteiischen meist geschuppt wie Handgranaten oder junge Tannenzapfen sind.
Schiedsrichter? An meiner Schule übernahmen diesen Part die Aufpassertypen, die Schriftführer des Klassenbuches, die sich dauernd bei den Lehrern einweimperlten, ihnen alle Streiche erzählten, wer schon rauchte und so. Den meisten Kindern freilich war das ewig moralisierende Gerechtigkeitsgetue der Schiedsrichtertypen verhasst. Manche zeigten es mit Fäusten, rächten an ihnen, dass gerade die österreichischen Mannschaften immer benachteiligt wurden. Ist nicht der Glaube an die eigene Benachteiligung und der damit verbundene Zweifel gegenüber seinen

Richtern einer der allermenschlichsten, schon in der Bibel eingefahrenen Züge?
Niemand hängt sich Poster mit lebensgroßen Schiedsrichtern in seinem Zimmer auf, mit den Schi-ri-Schuhen, -Stutzen, -Leibchen betreibt man keinen Fetischismus, nicht einmal die Pfeifchen sind als Sammlerobjekte sonderlich begehrt. Der Schiedsrichter ist die geduldete, sexuell eher reizlose Instanz, das Pfiff gewordene Regelwerk. Wieviele Frauen haben sich schon je in Schiedsrichter verliebt? Und welche?
Und doch, in einer Zeit des großen Schiedsgerichts, wo die Operation Infinite Justice ausgerufen worden ist, man mit Kandahar mehr verbindet als nur die Abfahrt in Garmisch-Partenkirchen, wird deutlich: Schiedsrichter sind unentbehrlich! Besonnenheit und Ausgeglichenheit sind heute gefragter denn je. Ein guter Schiedsrichter muss alles sehen, und doch, er darf sich nicht verschauen, keine Freunde darf er haben, keine Feinde, auch darf er nicht mitspielen oder sich in Szene setzen wollen, unbestechlich muss er sein, neutral und ohne Emotion, kein Waserl.
Schiedsrichter zu sein ist schwierig. Wie motiviert man sich? Wie bereitet man sich vor? Gibt es Trainingscamps? Psychologische Betreuung? Ausgewogene Ernährung? *Michael Kohlhaas* empfiehlt sich zur Lektüre, aber in welche Konzerte oder Filme dürfen Schiedsrichter gehen? Auf keinen Fall in griechische Tragödien! In die Barbara Stöckl-Show vielleicht?
Staut sich in Schiedsrichtern etwas an wie bei manchem Zölibat? Neigen sie zu Pusteln? Beidbeinig

müssen sie sein, einen Mittelscheitel tragen, und sie dürfen niemals nur auf einer Seite schlafen. Schiedsrichter sind Zerrissene, immer um Gerechtigkeit bemüht. Ihr Wahnsystem ist die Objektivität – schon das alleine ist ein Teufelskreis. Was passiert etwa, wenn ein Schiedsrichter ohne Absicht ein Tor schießt, und es sich selber aberkennt? Und wird er umgemäht wie einst Eschweiler, darf er dann zurückschlagen? Darf er einem Georg Kosch auf das Entblößte hauen? Sich an einem beleidigenden Publikum rächen? Nein! Ein Schiedsrichter wird immer einsam sein, niemand wird ihn lieben, keiner je verstehen, und niemand wird ihm jemals danken. Und dennoch müssen wir jetzt alle ein bisschen mehr wie Schiedsrichter sein, neutral.

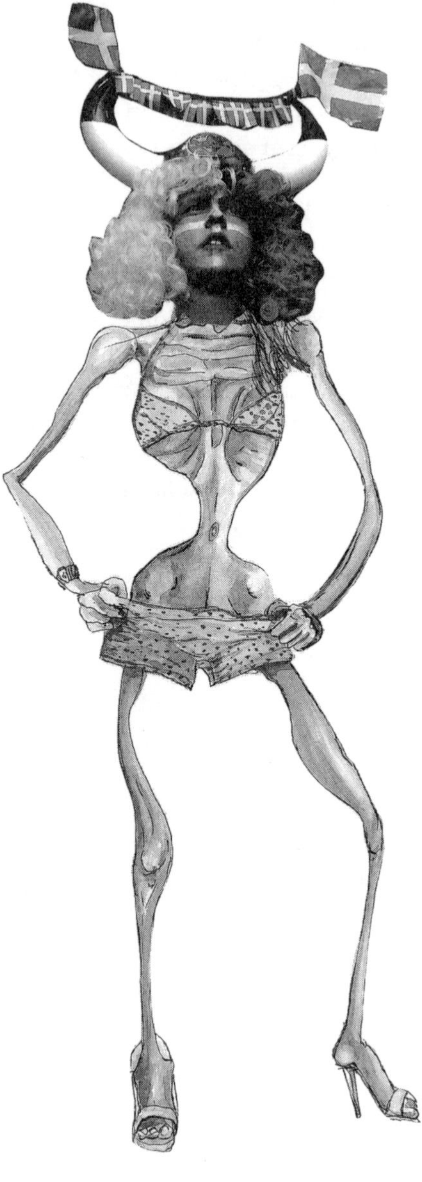

Ein Traum von einem Fußballfeld, während Bush Afghanistan befiehlt

Wo andere ausgestopfte Eber, Hirsch- und Rehgeweihe an den Wänden hängen haben, klebten bei mir jahrelang zerdrückte Motten. Also habe ich vor wenigen Wochen in der ganzen Wohnung Vandal-Mottenfallen aufgestellt. Seither erinnert mich der desaströse Anblick der festgeklebten Kreaturen an die Bodentruppen in Afghanistan und an die österreichischen Nationalspieler in Israel. Wie? Was meinen Sie? Das wäre böse?

Aber für mein Assoziieren kann ich nichts. Und in dieser Zeit des Krieges, des Fallenstellens und der Konsequenzen, wo niemand mit Verleumdung spart, alles in den Sog der Politik gerät, bleibt ohnehin noch eine Frage ungestellt, nämlich: Woher kommt das Böse überhaupt? Wenn es nach der Bibel geht: aus dem Streben nach der Perfektion, dem Ehrgeiz nach dem Absoluten. Doch kaum jemand nimmt sich heutzutage noch heraus, ein Gott zu sein. Die meisten wären ja schon froh, einmal in der Gala, den *Seitenblicken* und mottenfrei zu sein. Mir würde es reichen, wenn man einen Flughafen oder einen Zug *Franzobel* nennt. Doch der Ehrgeiz ist trügerisch, kaum jemand ist frei davon – auch die Motten kommen immer wieder.

Ayatollah Khomeini hat in der Zeit während seines Pariser Exils, um sich nicht mit dem Kapitalismus zu infizieren, beim Gehen nie vom Boden aufgesehen, nie einen Blick in ein Schaufenster getan, bloß um ja nur nicht verlockt zu werden. Was zur Folge hatte, dass er sich zu einem exorbitanten Experten für Schuhe und Böden entwickelte. Angeblich wusste er sogar, was sonst nur jemand fragt, der Stöckl heißt, Barbara, nämlich: Wieviele Stoppel hat ein Fußballschuh? Die von seinen fanatischen Anhängern betriebene Schuhverschleierung hat er kategorisch abgelehnt, Khomeini war ein Fetischist. Böden freilich haben ihn nicht so interessiert, da hielt er es wohl mehr mit Teppichen.

Dabei ist auch ein Boden voll der Hoffnung. So ein Krautacker etwa träumt bestimmt davon, Fußballfeld zu sein. Die ganze Woche lang wird es geschont, keiner reißt es auf, gräbt um, streut Kunstdünger hinein. Ein Spielfeld wird verehrt, manche stehlen sogar Erde zum Blumendüngen oder für ein Grab. Fußballfeld, denkt sich der Krautacker, das wärs, einen Pfleger namens Platzwart, extra eine Jägerei, die alles Niederwild erschießt – und keine lästigen Kartoffelklauber. Fußballfeld, Rasenheizung, Schiebedach, das wäre ein Traum. Nicht Truppenübungsplatz.

Eine Mottenfalle lockt mit Pheromonen, einem Sexual-Lockstoff, vor allem Männchen an. Womit aber lockt ein Otto Baric? Mit Dragee-Keksi? Und die Bundesliga? Wen lockt die? Womit?

Viel besser locken da zur Zeit Afghanistan und Bin Laden. Unter anderem rechtfertigt man diesen Krieg ja damit, dass die Taliban forthin keine Fußballstadions mehr als Hinrichtungsort missbrauchen dür-

fen. Und auch wenn es hoffentlich der Alptraum eines Rübenackers ist, Schlacht- und Minenfeld und also Mottenfalle für die Spezies Mensch zu sein, so glaube ich doch nicht, dass man Sport und Politik je trennen soll. Freilich, die Frage nach dem Verhältnis ist dieselbe wie die nach der Dragee-Keksi-Proportion. Als Kind war man verärgert, weil es so viele dunkle gab, während einem jetzt, wo sich das Sacker selbst mit noch mehr Milchschokolade bewirbt, auch etwas fehlt. Fußballstadien oder Musiktheater? Dunkel oder hell?
Wenn man Frieden will, muss man die ganze Schöpfung akzeptieren. Staunen ist der Sinn des Lebens. Toleranz! Also beginne ich jetzt gleich und werfe meine Mottenfallen wieder fort, gerecht ist nur der Kampf eins gegen eins, auch wenn dann wieder welche an den Wänden picken.

Oktober 2001: Aus Angst vor Anschlägen weigerten sich mehrere österreichische Teamspieler, zum Entscheidungsspiel nach Israel zu fliegen, was dem damaligen Nationaltrainer Otto Baric ziemliches Kopfzerbrechen bereitete.

Man soll auch die anderen Mannschaften nicht unter dem Teppich kehren lassen.

Olaf Thon

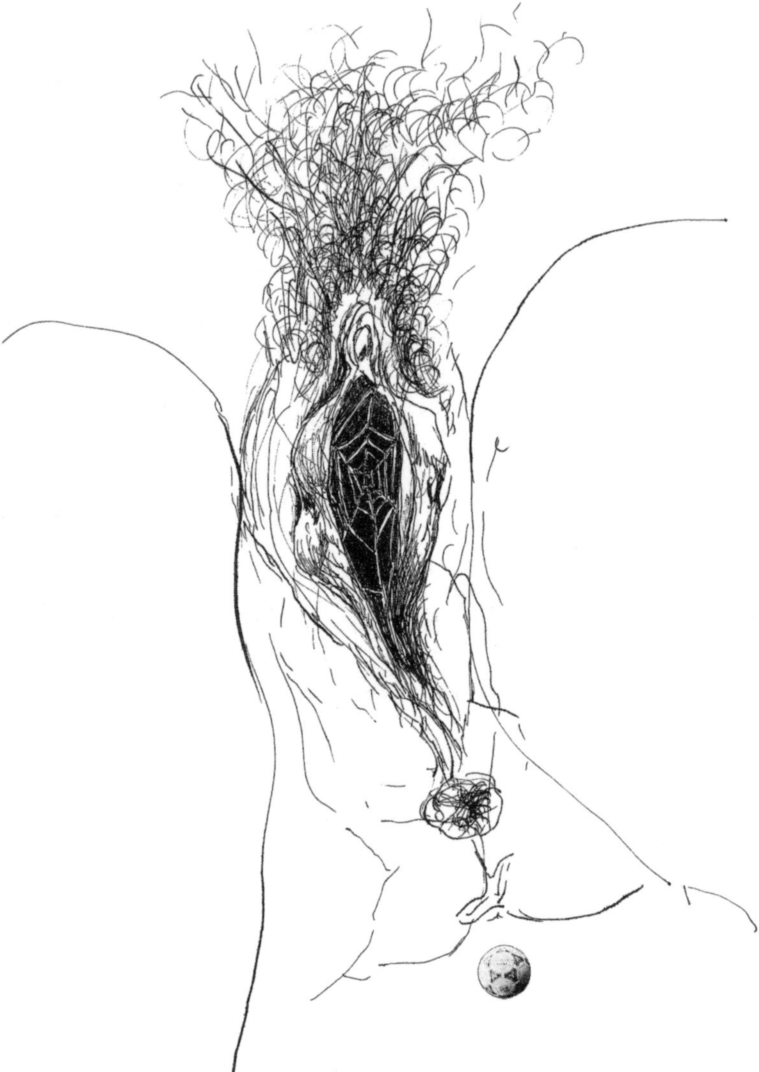

Wenn Futball passierte die Nacht der Genossen

Auf diese Spritztour freute sich Herr Kreil ein ganzes Jahr. Futball wäre ein spermazoides Spiel. Gemeinsam mit einer Kiste Bier säße er schon vor dem Fernseher, genösse. Die Genossen Nationalmannschaft, den Genossen Kommentator. Wäre Zeit, dass es wie bei der Formel 1 eine Ballkamera gäbe, eine Kamera in den Schuhen und im Kopf des Genossen Schiedsrichters, denn Patrioten wären wir bald allemal. Die Genossen Spieler mit den Strichpunkten in den Unterhosen hülten sich am Nationalhymen an. Am Jungfernhäutchen der Genossin Donauweibchen. Futschas, nein, Anpfiff. Zweites Bier. Der Genosse ehemaliger Unter-21-Teamspieler wäre jetzt zu alt dafür. Foul, aber gut, Futball wäre kein Kaffeekränzchen. Die Räume würden genutzt. Und da wäre schon unser Star. Karsten Kitzler. Wenn er an den Ball käme, hätte alles Hand und Fuß und Schleimsekret. Aber es wolle und wölle und wülle nicht passieren. Vielleicht sollte man die Regeln erweitern, fünf Punkte für k. o. geschossene Schiedsrichter, für Linienrichter drei, für einen Luftschas nix. Der Genosse Gegner versuchte unsere Abwehr von der Seite her aufzureißen, der Suchtler. Viertes Bier. Keine Spielereien da hinten, bitte, im Futball könnte immer was passieren. Weg mit dem Verschluss. Na bitte. Da hätt'n wir's. Es würden einfach zu viele o.b's verschenkt. Trottel. Die beiden Genossen Innenverteidiger wären die Achillesferse der Mannschaft. Alles oder nichts müsste jetzt die Devise läuten, aber vorerst bliebe es beim Nichts. Foul. Das müsste er pfeifen. Sechstes Bier. Und wenns jetzt wieder rümst, nein, wenns jetzt wieder rümst, nein danke. Warum machte man im Strafraum keine Räuberleiter, schösse den Genossen Hochgehobenen an, der köpfelte dann ein? Warum änderte man die Taktik nicht? Siebtes Bier. Das Spiel wäre an und für sich schon gelaufen. Wenn einem das vorher jemand, hätte man gesägt, das gäbs. So. Sauber vom Ball getrant. Nein, kein Foul, das wäre internationale Härte. Unser Spiel wäre Durchwuchs, aber der Genosse Gegner hätte auch einen ganz Großen im Genossen Tor, nicht nur wegen seiner zwei Meter zwanzig. So, das wäre jetzt der Pausenschweif. Was wir uns nicht gewünscht hätten, es wäre eingetreten. Zehntes Bier. Wir wählten nun das Tier des Monats:

Vorschlag 1, der Kommentator schwärzelte sich.

Vorschlag 2, der Kommentator bläute das Lied *Wenn alle Brünnlein flössen*.

Vorschlag 3, der Kommentator grünzte.

Vorschlag 4, der Kommentator rötelte sich im Achselschnalzen.

Und zum Abschluss Vorschlag 5, der Kommentator gelbte einen Lachkumpf.

Zwölftes Bier. Wiederanpfiff. Der Genosse Routinier bewiese seine Kaltblütigkeit. Polster, Polster, noch immer Polster, immer noch Polster, Polster, Polster, Polster und – nicht mehr Polster. Schulterbiss. Daneben wäre auch daneben. Schade. Das wäre es gewesen gewesen. Und der Genosse Coach in seiner Coachingzone würde immer nervöser. Er karnifelte und lässe alle Genossen Auswechselspieler ausschwärmen. Bis jetzt hätte alles Daumendrücken nichts gefruchtet. Vierzehntes Bier. Schon sängen die Genossen Publikum *Aufhören, Aufhören*, und beklatschten den Genossen Gegner. Erst hätten wir kein Glück gehoben, und dann käme auch noch Pech dazu. Das. Was wäre das? Nein, das wäre nichts. Eine Schwäbin machte noch keinen Freistoß. Doch, was machte der Genosse Schiri? Das gäb es nicht, er pfiffe Elfmeter. Elfmeter. Der 39jährige Versicherungsangestellte aus Bad Canstatt Hochhaus 12, mit der Telephonnummer 67381, der heute sein erstes großes Spiel litten dürfte. An ihm lägs sicher nicht, dass Österreich 6:0 Pickel im Rücken drückte. Aber das wär eine klare Fehlentscheidung, das würde der 39jährige Genosse Versicherungsangestellte aus Bad Cannstatt Hochhaus 12, mit der Telephonnummer 67381 sicher noch bereuen. Wetterzeuge hieß der Hund. Hans Wetterzeuge. Achtzehntes Bier. Was zahlte sünd die Tore, und die blöben die Ernüchterung. Schade. Der Libero wäre aufgelöst. Tja, wenn es 8:0 stünde, könnte das Spiel nicht mehr 1:1 ausklingen. Im nachhinein müsste man sagen, es wurde hochstilisiert. Ganz umsonst angesoffen. Für was? Für nichts. Ein Rausch für nichts. Das Genosse Publikum wäre der Genosse Zwölfter Mann. Umsonst. Zwanzigstes Bier. Am Genossen Schiedsrichter läge es nicht, das Hätten. Alle großen Fußballstädte füngen mit M wie Mutter an: Manchester, Mailand, Monaco, München,

Moskau, Madrid. Schade. Da wären wir Wiener mit unserem W genau verkehrt. Sehr ernüchternd. Trotzdem ausgeschweift. Dennoch genossen.

Tackling ist viel schöner als Sex.

Paul Ince

2:0

Als nächstes bitte eine Frau!

Zuerst wollte ich heute daran erinnern, dass wir oberösterreichischen Landkinder zu Nikolaus immer versucht haben, den Krampussen Schweizerkracher in den Pelz zu stecken, um dann zu rennen, was das Zeug hielt. Meist waren die viel größeren Jugendlichen in ihren schweren Krampuskostümen gegen uns kleinere Fratzen eher chancenlos. Wenn sie aber doch einmal einen erwischten, wurde ihm gezeigt, was »peinlich« ist, und woher es etymologisch stammt. Noch heute kommt es in manchen Alpentälern vor, dass welche spitalsreif gedroschen werden. Brutal, aber von wo nichts ist, kommt auch nichts. Und solche Spiele sind der Ursprung allen Sports, auch Polo wurde, wie schon der Name sagt, einmal mit lebendigen Hühnern gespielt, Rugby betrieb man anfangs gar mit einem Ferkel. Unter welchem Namen aber das Krampusjagen olympische Disziplin geworden ist, weiß ich leider nicht.
Die kleinen Knallkörper hatten bei uns übrigens den seltsamen Namen Lady-Cracker. Ansonsten waren Mädchen am Krampusjagen nicht beteiligt. Dass dem heute immer noch so ist, traue ich mich nicht mehr zu hoffen. Seit es mir vergangenes Wochenende im sogenannten Deutschen Sportfernsehen alle Testosteron-Krausbirnen aufgestellt hat, bin ich skeptisch. Alle Emanzipation schien da pervertiert zu werden: Frauenboxen! Vielleicht wollte man ja demonstrie-

ren, dass der gestickte Vogelkäfig, den die Taliban ihren Frauen aufzwingen, noch lange nicht das Ärgste ist? Der Westen hat sich eine Antwort auf die Burka, das üble Überwort des Jahres, ausgedacht. Frauenboxen.

Als gälte es, eine Balthus-Gemeinheit wahr zu machen, schlugen sich zierliche, doch muskelbepackte Persönchen gegenseitig ins Gesicht. Nicht, dass der Kampf auch nur halb so brutal gewesen wäre wie die Krampusse mit den erwischten Kindern, aber mich hat es trotzdem irritiert. Gut, ich gebe zu, Sport als solcher interessiert mich gar nicht immer, aber wenn man gerade am Essen ist, hat man beim Sport zumindest die Gewissheit, sofern man nicht gerade Stöger interviewt, dass nichts Grausiges, nichts Appetithemmendes passiert – alleine schon aus diesem, zugegeben geschmacklosen Grund wird sich der Behindertensport nie wirklich durchsetzen, ist sämtlicher Damensport durch den Typus Ludmilla Kratochwilova massiv bedroht. Aber Frauenboxen?

Kämpfen an sich ist ja durchaus lustvoll, und das Argument, so gegen das vorherrschende Bild des braven Hausmütterchens anzukämpfen, ist ebenso schlagend wie der Bruch mit dem Tabu, dass Frauen schwach sein müssen. Aber trotzdem, schon dass potentiell laktierende Stellen gezielt unter Beschlag genommen werden, widerstrebt mir. So etwas mag bei Amazonen angehen – auch wenn nicht einmal der gleichnamige Internetbuchhändler ihre Bedeutung kennen wird: die Brustlosen!

Aber Frauen im Heer, Polizistinnen, Frauenboxen

und, als allergrößte diesbezügliche Gemeinheit, weiblicher Lumberjack, wo Kolossinnen in Holzfällerhemden mit Kettensägen hantieren? Anfreunden will ich mich mit diesen gelebten Bubenwunsch-Projektionen, diesen Östrogenkonvertern, nicht. Da ist mir etwa Bauchtanz, wo Frauen mit den Hüften kreisen, als hätten sie einen Fußball verschluckt, innerliches Gaberln also, wesentlich sympathischer.
Frauen haben eine wunderbare, den Männern oft weit überlegene Art des Denkens, die das Leben meist viel tiefgehender umfasst als jede Zielgerichtetheit des Mannes. Warum muss man die zwanghaft wegtestosteronisieren? Anwenden muss man sie! Daher glaube ich, der beste Teamchef der Zukunft wäre eine Frau. Schon alleine wegen der zu erwartenden Presse, wir würden weltberühmt. Vielleicht müssten wir uns in Hinkunft auch gar nicht mehr qualifizieren, würden gleich gesetzt? Und Kandidatinnen gäbe es genug. Spontan fällt mir etwa Anneliese Rohrer ein, aber auch Jessica Hausner, Elke Winkens oder die Hohenbüchler-Schwestern fände ich gut.
Aber ehe es dazu kommt, werden wir wohl noch Nikoläusinnen und Krampüssinnen erleben. Schade eigentlich.

Auf Schnee hoffen, jede Stunde auf die Nacht. Aber nichts da, Flutlichtanlagen überall. Als Frau Kreil zurückkam, schien aber die Sonne, schon im Stiegenhaus hörte sie den Fernseher. Es waren die hysterisch schwappenden Wellen eines Fußballkommentars, Stimmgeflechte in der Luft gingen mit verhaltener Hast durch alle Mauern. Typisch, kratzte sich Frau Kreil am Hals, zog ihre Jacke aus und hing sie zu den Fan-Schals in die Garderobe. Bayern München hing da neben Arsenal, Rapid Wien und Slovan Liberec. Alles Polyester, exemplarisch geschmacklos. Saustall, rieb sich Frau Kreil an der Wade und merkte beim Hinuntersehen, dass sogar auf dem Fußabstreifer etwas stand: BVB. Alles Lachen war verbrannt. Sie sah vorbei am Barcelona-Sticker in den Spiegel und erkannte sich selbst inmitten leberroter, zungenroter, weinroter, leberkusenroter Flecken ihrer Haut, auch ihr Haar war spröde, stumpf, Schuppen sprenkelten brasiliengelb die Schulter. Saustall. Ihr ganzes Gesicht hatte etwas vom schlechten Verputz eines billigen Hauses. Frau Kreil biss sich in die Lippen und fühlte sich beobachtet wie Andreas Brehme, als er 1990 zum finalen Penalty anlief, unangenehm. Das beklemmende Gefühl, fremde Augenpaarzwingen spannten sie ein. Frau Kreil drehte sich um, doch war da niemand, bloß ein Poster von Real Madrid. Die englische Nationalmannschaft hing neben

Toni Polster, Zinedine Zidane neben Roberto Baccio, Nedved, Beckham und Roberto Carlos. Lauter bekannte Gesichtschießer. Und alle starrten einen an, grinsten, als wollten sie sagen, na warte, dir werden wir auch noch ins Gesicht schießen, Gesichtschießer die wir sind. Zur Drohung hatten alle einen Ball. Frau Kreil schluckte. Fäden, Speichelfäden waren da in ihrer Kehle drinnen, zogen. Aber außen? Der Ausschlag auf ihrem Hals bildete jetzt kleine Bläschen, sie spürte, dass die roten, die russlandroten Flecken nun auch über ihren Körper rannen, stolzierten und verächtlich zwickten, ein allumfassendes Juckgefühl, als wäre sie nackt in einem Brennesselwald, in jeder ihrer Hautporen ein böser Blick. La Ola, durchliefen sie die Wellen dieses nigeriagrünen Schmerzgefühls. La Ola. Und auf und nieder, auf und nieder. Immer wieder.

Sie nahm die halbvolle Kaffeetasse mit dem emailierten Hugo Sanchez und trug sie in die Küche. In der Abwasch warteten bereits zwei Ajax-Teller und ein Peter Pacult-Glas.

– Wie gehts, brüllte sie zu ihren Kindern. Guten Abend, gute Nacht, in die Hose gemacht, mit Brunzen verdreckt, schlupft unter die Deck. Morgen früh, wenn Gott will, wird der Arsch euch dann geh'n. Aber die Kinder hingen mit trüben Papieraugen vor dem Fernseher und rührten sich nicht. Abgerissen und käsig sahen sie aus wie in Milch getunktes, aufgeschwemmtes Semmelfleisch.

– Müsst ihr dauernd fernsehen? Geht doch raus. Spielt. Staunt. Seid Kometenschweif.

– Spinnst du, kam es ameisengleich aus der starren, unbewegten Kindermasse, krabbelte Wort für Wort heraus: Jetzt, wo gleich das Spiel anfängt.
– Spiel? Wo ist euer Vater, diese ewig nahtweise Not eigentlich?
– Bei der Vienna, kam Ameise für Ameise aus den antriebslosen Kinderlippen, schaut beim Training zu. Ihre Hände griffen in den Chipssack, holten maisgelbe Schnitzel, stopften sie in den Ameisenverschlag im Kindsgesicht. Wie Gehirngewaschene sahen die drein. Die Augenlider hingen ihnen runter, sahen aus wie ungeschälte Kastanien. Arme Fernsehidioten-Kreaturen. Die farblosen Lippen zerbissen, die Fingernägel abgekaut, und hätten sie nicht bunte Vereinskappen aufgehabt, sie hätten vollends jenen farblosen, wie schindellose Dachstühle aussehenden Goldfischen geglichen, die neuerdings immer mehr Aquarien zierten, nicht nur beim Chinesen.
Frau Kreil merkte, wie sich ihr vor Zorn die Speiseröhre krümmte, sie hatte das Gefühl, eine Krampfader stecke ihr in der Brust und schwoll nun an. Es war, als hätte sie Hämorrhoiden innen drin, eine Thrombose, als bildeten sich verkrüppelte Ausbuchtungen nach innen und verkrampften sich. La Ola in der Speiseröhre. Und auf und nieder, auf und nieder. Immer wieder.
Irgendwann, war sie überzeugt, irgendwann würde sich alles umstülpen und jeden Körperteil in eine pustelnasenartige Geschwulst verwandeln. All ihre Glieder, auch ihr Bauch, die Busen wie die Pobacken, alles würde dann so aussehen wie die Schnapsnase

Thomas Bernhards – und knurren würden sie wie eine Enduro.
Frau Kreil kratzte sich. Wie Mehlstaub fielen da erste arsenalgelbe Hautschichten zu Boden, entblößten an manchen Stellen schon das Fleisch, manchesterrot, das schmerzte sie entsetzlich. Um sich abzulenken, beschloss sie, Frau Kreil, eine Freundin anzurufen. Eva aber war schon auf Mallorca, nein, nicht um zu schwimmen so wie früher, sondern, wie ihr Anrufbeantworter stolz verriet, um einer Trainingswoche von U20 Real Valladolid beizuwohnen. Roswitha wollte unbedingt die Wiederholung des 78er Finales im Fernsehen sehen, weil sie nicht mehr wusste, ob Ardiles gegen Neeskens spielte oder gegen Johann Cruyff. Und Elvira war bei einem Spiel der Regionalliga. Pörtschach gegen Kottingbrunn. Gut, dachte Frau Kreil, da kann man halt nichts machen, auch der Mond ist bloß ein Mehlklumpen, und sie schaltete das Radio an. Irgendwo wird doch ein Hörspiel sein oder ein Klassikkonzert. Aber was war?
Ein gewisser Alfred Riedl erzählte von den Mannschaften im Nahen Osten, Alexander Ristics philosophierte über die Viererkette, ein Livespiel aus Südamerika, eine Sportquizsendung, Astrologie für Fußballer und Nachrichten vom Transfermarkt. Frau Kreils Haut färbte sich am ganzen Körper kaiserslauternrot, ihr Fleisch schwoll zu einem Briegel an, als würde ihr hellströmes Wasser hineingepumpt, sie hatte das Gefühl, wie Germteig aufzugehen, jeden Augenblick zu platzen. Die Gesichtsnaht spannte sich, sogar der Haarwirbel an ihrem Hinterkopf war

außer sich, Paul Breitner überall, nein Schneckerl Prohaska. In ihrer Verzweiflung stürmte sie zum Telephon und rief den Ärztenotdienst an, der sie wie Mengeles Kinder gleich auf das begriffene Begreifen, den Spiegelgrund verwies. Nur bei einer Fußballverletzung sei man noch kompetent. Alles andere würde nur noch entsorgt, sagte ein spinnend kreisender Mann mit pelzig heiserer Stimme. Und auf und nieder, auf und nieder. Immer wieder.

– Rufen Sie doch bei der Rettung an. Schon wenig später tutete es. Jeder Ton das Ende eines dunklen Gesangs, und dann die Ernüchterung, alle Rettungsfahrzeuge waren in irgendwelchen Fußballstadien eingesetzt. Und was war mit Ärzten? Einen nach dem anderen rief Frau Kreil nun an, doch keiner hatte Zeit. Kein einziger. Die einen sahen sich gerade selber Spiele an, die anderen behandelten nur noch die Fans bestimmter Mannschaften, wieder andere gingen gar nicht ran. Und auf und nieder, auf und nieder. Immer wieder.

Die langen Buchten voll azurblauer Wut. Frau Kreil trank einen halben Liter argentinienblauen Wassers, schluckte mehrere realmadridweiße Kopfwehtabletten und lief in Panik auf die Straße. Uahhh.

Schon nach wenigen Metern stolperte sie über einen Sitzstreik.

– Was ist denn hier los. Etwas Gewerkschaftliches?

– Nein, wurde sie aufgeklärt, die Leute stellten sich nur tagelang für Karten an.

– Ein Konzert?

– Nein, Meisterschaft.

– Musik?
– Nein, Fußball.
Komisch, dachte Frau Kreil, seit wann sind denn alle so fußballverrückt. Das war doch früher nicht so. Ist also doch was dran an dieser Theorie? Aber egal. Du darfst nicht verzweifeln, du darfst nicht verzweifeln, sagte sie immer wieder vor sich hin. Nur nicht verzweifeln. Und auf und nieder, auf und nieder. Immer wieder.
Sie ging zu einem Zeitungsstand, um sich ein Magazin zu kaufen, doch fand sie keines. Nur Fußballzeitungen. Auch die vormals normalen Zeitungen waren bloß noch mit Fußball angefüllt. In den Klatschspalten waren nur noch Fußballer und ihre Frauen, auf den Wirtschaftsseiten wurden die Aktienwerte der Vereine diskutiert, im Feuilleton waren Ausstellungen malender Fußballer zu sehen, das Wetter sowieso, ja, sogar die Politik, der Transfermarkt und die sozialen Strukturen der einzelnen Fankurven wurden da besprochen. Fußball und Fußball, Fußball überall. Frau Kreils Speichelfluss versiegte. Ihr Mund war trocken und verschrumpelt wie der Sandboden im Stadion auf Malta. Spucken wollte sie, doch kam soviel heraus wie beim österreichischen Sturm 1982 in Gijon: Nichts.
– Sie! Sagen Sie, guter Mann, fragte sie den Zeitungshändler. Gibt es gar nichts mehr als Fußball? Wirklich? Nichts? Aber der Mensch hinter seinem Fernseher sah nur kurz auf und hob leicht die Oberlippe an:
– Die Sondernummern für die Hallenturniere kommen erst.

Frau Kreil war sprachlos. Nur Fußball. Tatsächlich. Man hatte also tatsächlich der Theorie dieses Franzosen Rechnung getragen und den verfrühten Verlust der Plazenta und die daraus entstandenen Traumata durch eine komplette Verfußballisierung abgefangen. Kein Zweifel. Fußball war ein Mutterkuchen-Ersatz, für Heimat, Liebe, Urvertrauen. Fußball ersetzte alles. Aber ging das denn nicht einfacher? Hätten es nicht Rucksäcke bereits getan? Frau Kreil schüttelte den Kopf und kratzte sich. Blöder Plazenta-Mangel.
– Aber ich bin doch nicht paranoid, murmelte sie vor sich hin, ich hab doch keine Fußballallergie, so etwas gibt es doch gar nicht. Doch je mehr sie sich umsah, um so gewisser wurde es für sie. Fußball hatte diese Welt ärger als die Atombombe verseucht. Im Fußball Ground Zero lebten sie. Die Autos hießen Schalke, Lazio und Liverpool. Von den Plakaten grinsten Rumenigge und Hans Krankl, alle Menschen hatten irgendwo Vereins- und Spielernamen stehen, sogar die Hunde hatten Leinen und Halsbänder in Vereinsfarben, in die Rinden der Bäume waren Ergebnisse und Mannschaftsaufstellungen geritzt, sogar die Federkleider der Vögel am Himmel waren in Vereinsfarben, ja, sogar an den Himmel selbst zeichneten Flugzeuge Vereinsnamen. Und überall waren Lautsprecher angebracht, standen Menschen davor, um sich Liveberichte anzuhören:
– Achtung, Achtung, hier ist das Horrstadion. Zwei zu Null. Achtung, Achtung, Böckelberg. Achtung, Achtung, hier ist Werner Hansch, Elfmeter für die Eintracht. Achtung, Achtung, tönte es von überall. Ach-

tung, Achtung. Achtung, Achtung.

Und die vielen Menschen, von denen Frau Kreil zuerst gedacht hatte, sie hätten Zahnschmerzen und hielten sich die Backe, hatten nur ein Handy an ihr Ohr gepresst, um so die diversen Spielverläufe mitzuerleben. Aber wie denn, fuhr es durch Frau Kreil, es war doch ganz unmöglich, dass es überhaupt so viele Mannschaften gab, um dauernd Fußballspiele durchzuführen. Da klopfte ihr auch schon ein Schutzmann auf die Schulter.

– Sie haben ja gar keine Fanutensilien, musterte er sie streng.

– Tja, stotterte Frau Kreil. Mir.

– Sie werden doch nicht den Verein wechseln?

– Darf man denn das nicht?

– Dürfen? Dürfen schon, aber so etwas kommt nicht vor. Gut, für heute will ich Gnade walten lassen, pflügte der Schutzmann durch seinen Schnauzer, aber wehe, wehe. Und auf und nieder, auf und nieder. Immer wieder, machte er noch ein paar La-Ola-Bewegungen und verschwand. Und auf und nieder, auf und nieder. Immer wieder.

– Danke, stöhnte Frau Kreil und lief weiter. Konnte es denn wirklich sein, dass alles, alles, alles Fußball war? Sie rannte in Geschäfte, aber nichts, nur Fußball, Fanartikel, Zubehör. Entsetzlich. In ein Theater lief sie. Bloß, was wurde da gespielt? »Die Abseitsfalle.«

Nein, nur fort, dachte sich Frau Kreil, fort, lief sie weiter in die Universität, der Heimat allen Wissens, aber was um Gottes willen wurde da gelehrt, was

drang aus allen Hörsälen? Fußballtheorie! Regelwerk! Vereinskunde! Oje, es juckte die Kreilin schon am ganzen Körper, eine Gürtelrose wie Peru, da fiel ihr noch die Oper ein, zumindest dort, so war sie überzeugt, musste etwas Vernünftiges zu sehen sein, Marcel Prawy allenfalls, die Philharmoniker. Ja, die Oper, die war ihre letzte Hoffnung.
»Wettstreit der Sänger« hing hoffnungsvoll über dem altehrwürdigen Haus, das klang nach Wagner, wunderbar, und nicht einmal ausverkauft. Gut, die Abendgarderobe der Besucher ließ zu wünschen übrig, sogar hier trug man Fanschals und gestreifte Stutzen, hatte Pfeifen im Mund, Fähnchen in der Hand, staunte Frau Kreil. Aber vielleicht waren das Zugeständnisse? Bestimmt war die Oper der letzte Hort der Fußballverächter, das letzte Refugium der Kultur. Gewiss, war Frau Kreil jetzt bester Hoffnung, würde sie gleich mit Musik verwöhnt. Doch was, als sich der Vorhang hob, drang an ihr Ohr? Chöre, die Fangesänge intonierten! Einem »Zick zack, Zigeunerpack« wurde geantwortet: »Ihr seid nur ein Karnevalsverein, Karnevalsverein, Karnevalsverein.« »Der Chapuisat, der Chapuisat, der Chapuisat ist wieder da, der Chapuisat ist wieder da, der Chapuisat ist wieder da.« Und während »Wir steigen auf, wir steigen auf« erklang, wurde es Frau Kreil zuviel, unter den »Steht auf für den SK Sturm, steht auf für den SK Sturm«-Gesängen drängte sie hinaus. Ihr ganzer Körper aufgeschwollen, tschechenrot. Das war das Ende, aus, Schluss, taumelte sie dahin. Nur eine, eine allerletzte Hoffnung blieb ihr noch, die Kirche.

Zumindest da würden doch noch Werte verhandelt werden, zumindest dort eine Moral. Erschöpft schleppte sie sich hin, war bereits draußen von der Orgelmusik angenehm berauscht. Gut, dass man das Kreuz durch einen Fußball ersetzt hatte, war etwas irritierend. Besonders bei den 14 Stationen des Kreuzweges war das sonderbar, Simon hilft dem Erlöser den Fußball zu tragen, Jesus wird auf einen Fußball genagelt? Seltsam. Außerdem hatte er ein Fußballerleibchen an. Aber vielleicht war ja auch das nur Tarnung? Voller Hoffnung war sie noch, als der Pfarrer auf die Kanzel stieg und zu seiner Predigt anhob. Was aber erzählte er?
– Bereits vor 4000 Jahren haben die Mayas diesen Sport erfunden, haben mit Totenschädeln dieses Spiel gespielt, aus Angst, die Götter könnten das Verbrennen, Vergraben oder Verfüttern von Leichen bestrafen, haben sie solange mit den Schädeln Fußball gespielt, bis alles Fleisch sich von den Knochen löste, daher ist Fußball ein heiliges Spiel. Und auf und nieder, auf und nieder. Immer wieder.
Da hatte Frau Kreil genug. Sie war nun zu einem riesigen neurodermitischen Ballon geschwollen und spürte, wie sie nicht nur größer und größer, sondern auch leichter und leichter wurde, und sie sah, wie sie aufstieg, sich wie ein gigantischer Fußball in den Kirchenraum erhob, an den Kandelabern, Nischenheiligen und Glasfenstern vorbeisegelte, dem verdutzten Pfarrer in seiner Kanzel zuwinkte, und sie merkte, wie sie die Gläubigen ungläubig anstarrten, ihre Hostien erbrachen, wie der Chor ein Ave Maria an-

stimmte, der Orgelspieler beinahe ausflippte, alle Töne durcheinanderbrachte, bis es einen Riesentusch machte, Frau Kreil wie ein Fernseher implodierte, und tausende, abertausende kleiner Fußbälle aus ihr herausfielen und die ganze Kirche überschwemmten. Fußbälle und Fußbälle und Fußbälle und wieder Fußbälle, wie der Kaviar aus einem schwangeren Stör. Und alle, die das sahen, waren glücklich, denn sie glaubten, Fußball, Fußball glaubten sie, im Himmel wie auf Erden, Fußball, so waren sie nun gewiss, hatte ein Wunder vollbracht, Fußball, er hatte sich bewiesen. Und als sie alle *Amen* flüsterten, machte es schon wieder einen verdächtigen Zisch, tuschte es, hörte man jemanden etwas wie *Elfmeter* sagen, sprangen alle auf und sangen: Auf und nieder, auf und nieder. Und auf und nieder, auf und nieder. Immer wieder. So haben wir es gestern gemacht, so machen wir es heute auch.

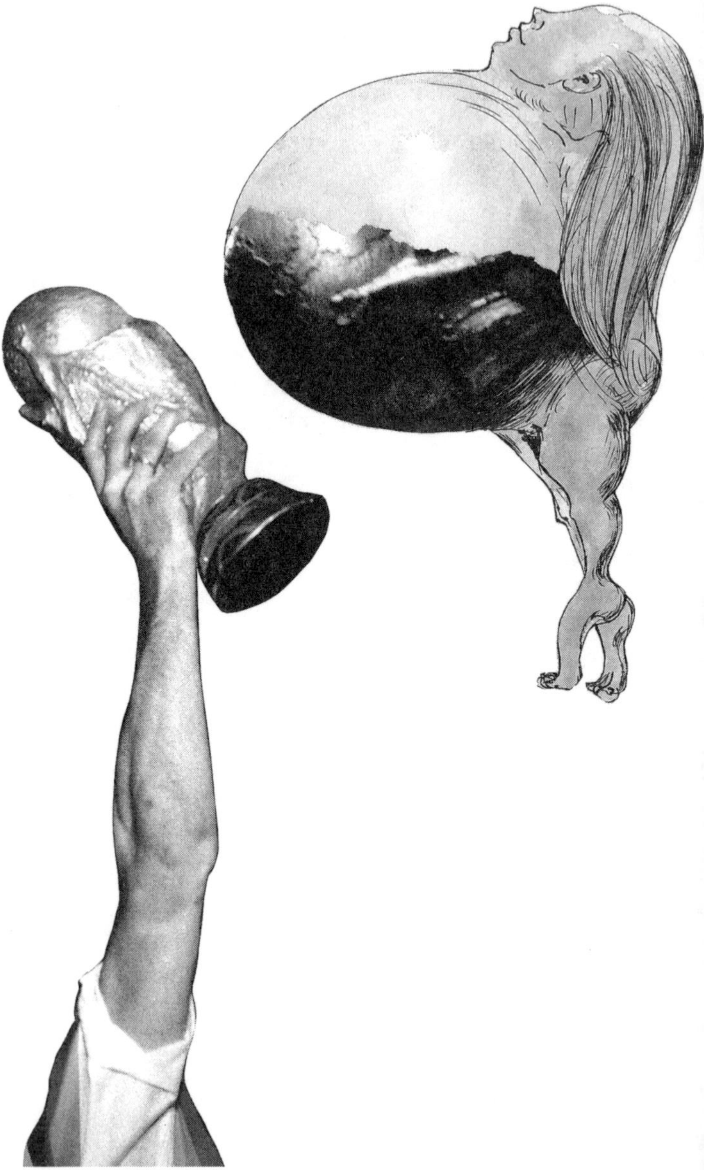

Hoch werden wir nicht mehr gewinnen.

Toni Pfeffer, Österreichs Libero in der
Halbzeit des 0:9-Debakels in Spanien

Winterpause: Heimschläfer und Friedenslicht

– Und im Winter lesen Sie keine Zeitung?
– Hab eh meinen Fernseher. Nein, wenn es keinen Fußball gibt, dann interessiert den Herrn Erwin auch die Zeitung nicht. Seit 40 Jahren, klopft er das Ende einer Hobby auf den Tisch, seit 40 Jahren hilft er jetzt zu Sturm, Sturm Graz, er hat die Zeiten eines spielenden Schilchers miterlebt, wie der Jurtschitsch noch im Tor gestanden ist.
– Im Tor? War der nicht im Angriff?
– Den Jurtin meinen Sie. Gernot! Das waren noch Zeiten, Karl Schlechta, Messestädtecup, Bozo Bakota, Durek, Stendal Kurt.
Draußen ist es so kalt, dass einem die Augenflüssigkeit gefriert, ein Eisschleier hat sich auf alles draufgelegt, Raben stehen wie fallengelassene Papierschnipsel in der frostklirrenden Luft, wie eine zerkratzte Windschutzscheibe ist der Himmel, und trotzdem macht der Herr Erwin zum Pofeln, wie er sein Rauchen nennt, ein Fenster auf, bläst wattierte Rauchbuschen hinaus.
Anfangs hat er mich, den letzten Frühstücksgast, skeptisch taxiert, wie es aber in ihm zu arbeiten begonnen hat, ich könnte mich für Fußball interessieren, ist er unruhig von einem Hauspatschen auf den anderen gewackelt, und nun legt er los, der Herr Erwin, Hausmeister im Kolpinghaus Krems, für den Frühstücksraum verantwortlich, für die Wursträder,

die Eiswürfel unter den Butterecken, den Kaffee. Besonders die Kartnigsche Einkaufspolitik hat es ihm angetan. »Der lässt sich noch Goiserer als Fußballschuhe andrehen. Das einzige, was der hat, ist eine Mordstrumm-Lavourpappn.« Aber auch der Teamchefpostulant Hans Krankl bekommt von diesem heiligen Erwinschen Conciergen-Zorn sein Fett: »Wo gibt es denn das, den Trainer vom Letzten, der schon im Oktober abgestiegen ist, zum Teamchef machen? Diesen Wurstel. Haben Sie das gehört, mit Hand hat er ein Konzept verfasst. Aber er zeigt es erst her, wenn er Teamchef ist. Na, das wird was sein.« Flehentlich schaut der Herr Erwin in den Himmel, ballt die Faust und wirft den glühenden Hobbyrest in die Kälte.

– Wissen Sie, an was mich das erinnert? An die Silbermünzen. Mit denen hat der Finanzminister ja nicht schlecht verdient. Keine Zinsen. Und wir? Jetzt haben wir sie da, die silbernen Fünfziger. Und genauso wird es mit dem Krankl sein. Das ist auch so ein aufpolierter Zehner. Aber, wenn der Euro kommt, wo können wir den dann umtauschen? In Brüssel?

Während ich mir Kaffee nachschenke, rührt er sich nicht vom Fleck, starrt zum Fenster raus und schimpft über die WM-Auslosung. »Immer diese Deutschen, als ob's Erdäpfelsalat gefressen hätten.« Das Erwinsche Gesicht ist kantig und zerschnitten, eine große Nase, der man ansieht, dass sie es sich niemals leisten konnte, für eine Arbeit zu gut zu sein. Bürstenhaarschnitt, und in der Stimme mehr als bloß eine Nuance Kommandoton.

– Und Sie machen das alles alleine?
– Frühstück macht sonst eine Frau, aber … aber egal. In einer Woche bin ich eh schon, wo ich hingehöre.
– In der Pension?
– In Spanien! Dann schnapp ich mir die Meinige, die kommt aus Tschechien, und düse mit ihr runter. Da gibt es Hausmeister! Mein lieber Schwan. Die sitzen den ganzen Tag auf der Straße und flüstern den Frauen Schweinereien – sogar der Meinigen.
– Und Schifahren interessiert Sie nicht?
– Bitte, klopft er sich wieder eine Hobby, wenn ich den Assinger schon höre: Den Linksschwung muasst du durchdruckn, da muasst du höllisch aufpassen, dass du net den Druck verlierst, und da muasst schauen, dass's di net vertreibt. Dem haben sie doch eingebrochen, reißt der Herr Erwin noch einmal das Fenster auf. Ich muss überhaupt nichts. Wie kommt denn der dazu. Ich war in meinem ganzen Leben noch nie schifahren. Blöd werde ich sein. Da ist ja Busfahren in Spanien noch sicher. Obwohl die auch fahren, als ob sie einen gerade gestohlen hätten. Aber für heute müssen Sie mich entschuldigen, weil jetzt kommt das Friedenslicht am Bahnhof an. Ich frage mich zwar, was das für einen Frieden bringen kann, wenn es aus dieser Krisengegend kommt, aber trotzdem hole ich es mir so wie jedes Jahr. Ich zünde ja auch keine Kerzen damit an, sondern die Gastherme. Dann haben alle Kolpinghausgäste das ganze Jahr etwas davon. Das zahlt sich aus.

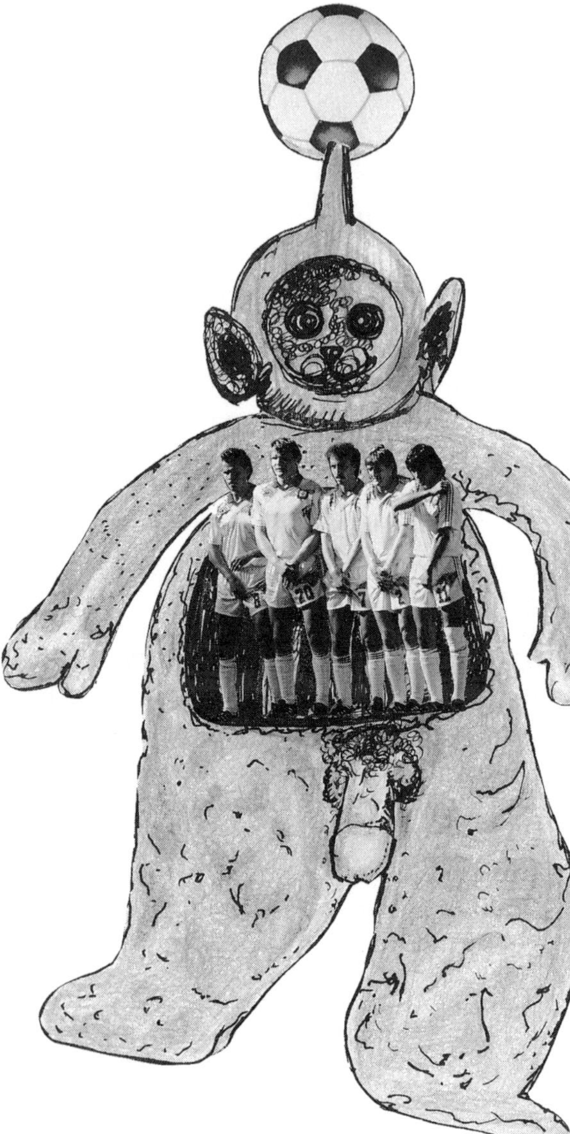

Die Statistik zeigt, dass, wenn Österreich kein Tor geschossen hat, es in den letzten Spielen entweder unentschieden gespielt oder verloren hat.

Heinz Prüller

Ski

Wir sind eine Bananenrepublik. Unsere Bananen sind die Schi. Heiliger Anton drück für uns.

Österreich darf keine Kriege führen, erst seit kurzem gibt es wieder einen österreichischen Film. Nicht einmal ein Weltraumzentrum haben wir. Nur Wald und Wasser, ungeheure Reserven. Was also tun? Wen anhimmeln? Wen erotisieren, wenn Wilderer und Jäger nicht in Mode sind? Die mit den künstlich verlängerten Füßen, Hermann mit den Stöckehänden, Renate mit Zweimeterfüßen, Sturzhelmköpfe. Mensch gewordene Pokemons, die die Alpen, die Krampfadern der Erde, hinunterwetzen? Die auf Wasser reiten können, auch wenn es gefroren ist.
War das schon immer so? Deutlich erinnere ich mich an den ersten von mir erlebten Schmelztag österreichischer Nation. Alle sind wir zerronnen, ein Klammer obenauf. Mag sein, dass die olympischen Winterspiele 1976 ein Fenster in die Welt auftaten, und die Welt durch dicke Glasschichten hindurch ein verschwommenes Stück Innsbruck sehen konnte. Die österreichische Schi-Euphorie hat bei dieser Veranstaltung sicher einen Siedepunkt erreicht. Alles hat gebrodelt und gekocht. Schifahrer, die idealen Ideale Österreichs. Für mich als Volksschüler waren Schifahrer die Fensterlaibungen der Nation: breit, schwitzend und notwendig. Mancherorts etwas ris-

sig, im Charakter Kitt. Noch heute werden Franz Klammer und Annemarie Moser verehrt, zu den Beliebtesten gewählt. Noch heute klingen Namen mancher Streckenstücke wie Stätten historischer Bedeutung: Österreicherloch, Hausbergkante, Mausefalle, Haneggschuss, Ganserlnhang etc. sind die modernere Version von Königgrätz und Mayerling. Nur Tschaslad klingt sonderbar.

Wer die politischen Zustände Österreichs erkennen will, muss sich nur die Photowände in den Landgasthäusern ansehen. Schifahrer überall. Noch immer triefen die Fensterpolster meiner Erinnerung mit Namen einstiger Größen: Monika Kaserer, Jimmy und Roswitha Steiner, Christian Orleinsky, Fabienne Serrat, Fausto Radici, die Tlalka-Schwestern, Ken Read, Christian Heidegger, etc. tropfen da hervor, verklumpen sich. Der Annemarie habe ich den Pröll übrigens ebenso wenig jemals verziehen wie dem Cassius Clay den Ali oder der Birgitte Habersatter den Totschnig.

Ich bin im nebeligen Voralpengebiet aufgewachsen und war ein sogenannter Fahrschüler. Im Schulbusradio der Firma Wintereder hörten wir die Übertragungen von Weltcup-Schirennen. Bei manchen Läufern ist der Busfahrer, ein langhaariger Mensch, der aussah wie Neil Diamond, extra stehengeblieben, um sich ganz auf das Rennen zu konzentrieren. Neil Diamond hat wie wild geraucht und wir haben wahnsinnig geschrieen. Da die Straßen mit endlosen Nebelwolken zugewachsen waren, ist vermutlich nie jemandem etwas aufgefallen. Es gibt so viel Nebel dort,

dass man damit Tourismus machen könnte, Nebelkuren, beruhigend für die Bronchien. Nebel ist Luft gewordener Schnee. Bei Licht und in der Schule selbst haben wir Piantini-Klebebilder für die Sammelalben getauscht. Gustav Thöni, Piero Gross oder Heini Hemmi waren in meinem damaligen Weltbild Staatsfeinde.
Während heute sogar Trainings durch das Fernsehprogramm dampfen, wurden Mitte der 70er Jahre nur die großen Rennen gezeigt. Kitzbühl, Wengen, Val d'Isère. Der Rest blieb auf kleine Blöcke innerhalb der Radiosendung *Autofahrer unterwegs* beschränkt. Brüllende Kommentatorenstimmen, Zwischenzeiten, verbale Streckenbeschreibungen, Schnee- und Wachsverhältnisse, Startnummern, so blieb Schifahren für mich lange etwas sehr Abstraktes, irgendwie auch Intellektuelles, waren doch in der Kronenzeitung, der damaligen Hauspostille meiner Familie, zu jedem Rennen ausschneidbare Listen mit Namen, Startnummern und freien Feldern zum Zeiten-Eintragen abgedruckt. Eine heute grotesk anmutende Platzvergeudung. Nur dadurch überbietbar, dass diese Listen tatsächlich auch benützt wurden. Immer gab es einen diensthabenden Onkel oder Großvater, der dafür zuständig war. Gut, die sind auch wegen eines Boxkampfes um 3 Uhr morgens aufgestanden. Aber Zeiten von Schirennen mitschreiben? Oder war das eine Absicherung gegen ein neuerliches Betrogenwerden? Sowohl der Onkel als auch der Großvater waren im Krieg. Beide hatten einen Granatsplitter im Bein, selber schifahren konnten sie nicht mehr, den Split-

ter verwahrten sie in einer Schmuckkassette. Ein Weltreich verloren, Nazis, Südtirol, und zum Schluss noch Karl Schranz – da war es vielleicht wirklich Zeit, selber mitzuschreiben.

Bei mir hat sich mit dem Schreiben die Liebe zum Schi etwas verkleckst. Gerne hätte ich nach dem Mund »Schie« und »schief-fahren« geschrieben und nicht Ski, auch vom »Abchristeln« hatte meine Lehrerin nie etwas gehört. Doch damit nicht genug, wurde ich auch noch von einer Schikurs bezeichneten Marter erfasst, die uns unter dem Vorwand, uns das Wedeln beizubringen, in dicke, unbequeme Thermoanzüge, zentnerschwere Kastinger-Schalenschuhe und jedes Gesicht verunstaltende Schibrillen steckte, so dass wir aussahen wie Nachwuchsthermoskannen im Ernteeinsatz. Stundenlang, bis der Belag unserer Fischer C4 komplett zerkratzt war, mussten wir an Schleppliftanlagen Schlange stehen. Wofür?

Zwar hat mir mein furchterregender Fahrstil schnell den Spitznamen »Fuzzy« (nach dem bayrischen Trickschifahrer Garhammer) eingetragen, hat so manche mit Ambros-Liedern durchgegrölte Talfahrt sicher auch Spaß gemacht, aber Schifahrer bin ich dennoch keiner geworden. Im Gegenteil, kaum wird es Winter, mache ich einen großen Bogen und flüchte Richtung Süden. Also hat die den Tourismus fördernde Maßnahme zumindest bei mir nicht gegriffen. Aber vielleicht bewirken ja Schulaufträge ohnehin immer das genaue Gegenteil? Auch die Fluortabletten haben nichts gebracht.

Der ganze Gießweinschlapfen-Hüttenzauber, die uns

Burschen gegenüber schroffe, immer einen Ast übrighabende Schilehrerart, Muskelkater, krumme Rückenwirbel vom Schleppliftfahren, eine Freiheit, die sich im Bild des Synchronwedelns manifestierte. Pistenraupen, die uns nur so zum Spaß verfolgten. Das »Schi Heil«, mit dem uns der als besondere Attraktion eingeplante Toni Sailer begrüßte. Moonboots und 20 Schilling für Nussini. Erste Räusche, schwangere Mitschülerinnen, und natürlich dauernd diese Kälte, diese unbarmherzige, einem kalte Winde ins Gesicht peitschende Natur, die alle Kommunikation auf Winken, Deuten und Brüllen reduzierte. Gefrorenes Wasser überall, ein Gefühl wie im Gefrierfach. Absolute Kälte.

Mich hat erschüttert, dass Franz Klammers Bruder nach einem Schiunfall querschnittgelähmt war. Sepp Walcher. Rudi Nierlich. Ulli Meier. Tote. Monate im Koma. Begeistert hat mich Ingemar Stenmark, der in einer Zeitungsgeschichte seine Trainingsgeheimnisse lüftete: Schnurspringen, Balancieren auf Baumstämmen, Zirkeltraining, Gleichgewichtsübungen, etc. Wieviele Nachwuchsläufer werden wohl nach genau diesen Methoden trainiert haben, von denen Stenmark später selbst bekannte, er hätte sie erfunden? Aus Jux, um mit den Reportern Schlitten zu fahren.

Das Schifahren hat seine Unschuld verloren. Das Material wurde immer wichtiger, im Weltcup begann man mit Streichresultaten, man hat den Super-G erfunden, die Schneekanonen, jetzt musste es nicht einmal mehr schneien, im Gegenteil. Und die große Zeit

der Österreicher war auch vorbei. Pirmin Zurbriggen, Alberto Tomba, Katja Seitzinger.
Gut, es ist einzusehen, wenn auch Nichtösterreicher hin und wieder das eine oder andere Rennen gewinnen, schon deshalb, weil ansonsten alle anderen das Interesse am Alpinsport komplett verlieren, aber übertreiben dürfen sie natürlich nicht. Sonst geht der eigentliche Sinn der Schifahrerei verloren. Die Prägung der österreichischen Nation, ein Volk von Thermoskannen.
Auf der Konferenz in Jalta wurde in einer Nebensatzung beschlossen, die Österreicher für ihre unumgängliche Bedeutungslosigkeit damit zu entschädigen, dass man sie zu Beherrschern einer eigentlich bedeutungslosen, ihnen aber groß erscheinenden Sportart macht. Die populären Disziplinen kamen natürlich nicht in Frage, also wurden Segeln, Rodeln und Federball vorgeschlagen. Schifahren ist es geworden. Gut, es hätte schlimmer kommen können, Schibob, Bergsteigen oder Synchronschwimmen.
Es galt also, eine Sportart so zu etablieren, von der alle Österreicher glaubten, sie wäre von weltweitem Belang, obwohl seltsamerweise nur Österreicher, Schweizer und Lichtensteiner gewannen, und sogar der Überbegriff *alpin* ein verräterisches Lokalkolorit verriet. Es ist geglückt. Schifahren ist eine nationale Angelegenheit. Ein österreichischer Rosenkranz. Politiker stehen im Zielraum, Messen werden gelesen. Sogar Bundesheersoldaten werden zur Ausrichtung von Weltcuprennen abgestellt, was ich übrigens immer als besondere Sauerei empfunden habe. Noch

heute wird den Österreichern vermittelt, ihre Schifahrer hätten internationalen Bekanntheitswert, was natürlich ein kompletter Unsinn ist.
In anderen Ländern ist es unmöglich, Ergebnisse von Schirennen überhaupt zu erfahren. In anderen Ländern ist Schifahren ein Exotensport.
Schifahren? Ein Sport, dem es nur darum geht, eine Strecke möglichst schnell zu bewältigen, kann unmöglich reizvoll sein. Er hat ein bisschen etwas Pubertäres, schnell, schnell muss es gehen, wer am schnellsten im Ziel ist, hat gewonnen. Schifahren hat etwas vom Quickie, keine Zeit nehmen für nichts. Keine Anmut, keine Eleganz, nichts. Vergleicht man Sportarten mit Tanz, dann entspricht das Schifahren wohl dem Hüpfen.
Dagegen Fußball, das ist Tango, wo es um Taktik geht, um Denksysteme, Schrittkombinationen, kleine Zeichen, Strategie und Glück, um Schwung und Harmonie, wo man eine Allegorie des Lebens sehen kann. Fußball ist die verfeinerte Form von Kommunikation. Noch Tennis ist die raffinierteste Form des Dialogs. Tennis ist wie Samba. Aber Schifahren? Schifahren, vor allem Abfahrt, das ist Vogerltanz, etwas für Autisten, ohne Kommunikation, ohne Bluff, etwas für Sturschädel.
Aber irgend einen Reiz muss es doch haben? Wie Autorennen hat auch das Schifahren, von Heinz Prüller und den unsäglichen Gewinnspielen einmal abgesehen, etwas Beruhigendes. Panoramablick, es passiert nicht viel, ist kontemplativ wie Rosenkranzbeten. Und ab den hinteren Startnummern erfährt

man auch so manches, Geschichten von bulgarischen Studienabbrechern, die sich das Training selbst finanzieren, Verletzungen, deren Auflistung ein halbes Anatomiestudium ersetzt, Gescheiterte, Hoffnungsträger, und alles eingebettet in den herrlichen Dialektflaum der Co-Kommentatoren. Nie sonst ist der Dialekt so präsent wie bei Schiübertragungen. Und wehe, die Sportler halten sich nicht auch daran. Urwüchsig müssen sie sein, kernig und wild – wie jene Klassenstärksten, die sich darum stritten, wer in einer Zehnerpause die meisten Mitschüler fangen und über den Schulzaun werfen konnte. Jahrelang hat man es Anita Wachter nicht verziehen, dass sie in einer Sommerpause von ihrem breiten Vorarlbergerisch ins Hochdeutsch gewechselt ist.

Das ist fast so schlimm wie der Verrat der Petra Kronberger, die am Beginn ihrer aussichtsreichen Karriere, noch weit vom Höhepunkt entfernt, erkannt hat, dass es Wichtigeres gibt im Leben, als, wie Niki Lauda sagen würde, einen Berg auf zwei Brettern hinunterzufahren. Sie hat den Sturzhelm an die Wand gehängt und Kunstgeschichte studiert. Vielleicht ist sie jetzt arbeitslos. Egal. Sie interessiert die Medien nicht mehr. Jemand, der die Grundfeste des Sports derart missachtet, bleibt für immer geächtet.

So etwas darf nicht passieren. Aber irgend etwas muss passieren, denn irgend einen Reiz muss dieses Schifahren ja wohl haben. Ist es die Lust an einer eventuellen Katastrophe? Am plötzlichen Versprecher, am Umböckeln beim Tanz?

Katastrophen legen etwas frei, was wir nicht begrei-

fen, etwas kulminiert, bricht aus und macht uns lachen. Jede Katastrophe sagt uns, es ist etwas Schreckliches passiert, aber wir haben es überlebt. Grausame Schicksalsfäden ziehen einen Knoten, überspannen unsere Ordnung, schnüren sie zusammen, lächerlich, lassen uns in unserer Ohnmacht nichts anderes mehr tun als lachen. Eine Katastrophe stellt uns an den Rand des Weltgeschehens. Indem wir am Zaun stehen, hüpfen und hineinsehen dürfen, bilden wir uns ein, werden wir bedeutend. Ist es das, was hoffen lässt, dass sich immer wieder einmal der eine oder andere Rennfahrer das Genick bricht? Das Schicksal herausfordern und zusehen, wie es gewinnt.
Der Tod fährt immer mit, und jeder Sturz wird zelebriert. Aber in Zeiten des Reality-TVs liegen hier natürlich noch ungeahnte Ressourcen brach. Man könnte Kameras in den Wohnzimmern der Läuferfamilien installieren, Schi- und Schuhkamera wären denkbar, eventuell auch eine im Knie, die anzeigt, wann die nächste Sehne reißt. Operative Geschlechtsverkleinerungen würden vielleicht die Aerodynamik verbessern, man könnte ein Startnummernraufen veranstalten. Möglichkeiten gäbe es genug.
Schifahren ist ein österreichischer Sport. Nicht besonders schön, nicht besonders kreativ, aber doch irgendwie charmant, schwungvoll und sehr kurvig.

Österreichs stärkstes Team, die Weltmeister im Stehen

– Steht nicht so blöd, möchte man den plakatierten österreichischen Schifahrern zurufen, aber sie würden einen nicht verstehen, denn sie stehen. Sie stehen ein für Stolz und Nationalgefühl, für Medaillen und Treppchenstehen. Sie stehen. Oder wird in Salt Lake City das Stehen selbst schon olympische Disziplin? Sie stehen, stehen wie für einen Weltrekordversuch im Dauerstehen, das stehen sie durch.
Muss ein Bild, das für Ideale wie Einigkeit, Stärke und Zielstrebigkeit einstehen will, ästhetisch gleich faschistisch sein? Ich glaube nicht, ich bin aber auch mehr fürs Liegen und für Oblomov, und mit Begriffen wie *faschistoid* steht man bald schon an, weil sie zu abgestanden sind. Trotzdem fällt auf, dass die Nazis lauter Steher sind. Und wie sonst soll man das nennen, was plakativ heuer in ganz Österreich und mancher Krone bunt spaliert? 14 österreichische Schifahrer, stirngereiht, rechts die großen, links die kleinen, und so aus der Dackelperspektive photographiert, als hätte sie ein Bildhauer vom Schlage Arno Brekers ins Walhallaland legiert.
Rostig braune Hosen wie eingetrockenes Blut, kohleschwarze Anoraks mit karottenfarbenen Zacken, und auf den linken Flanken klopft kein Herz, sondern der Dreizack vom Kapitän Iglo und die Kronen Zeitung, die sich nun, wenn sie einstünde für den Euro, in

Schilling Zeitung umbenennen müsste. Während also im Hintergrund der Himmel wagnerianisch dräut, wird von den scharf aufgekanteten Schifahrergesichtern ein Punkt im fernen Jenseits-Horizont fixiert. Wahrscheinlich hat der Photograph sie aufgestachelt, sich auf einen erfolgreich comebackisierenden Hermann Maier zu konzentrieren, ihn böse anzusehen. Österreichs Schifahrer stehen da wie Schranzen auf einem Nürnberger Parteitag, wie ein einzelner Türsteher im Spiegelkabinett, als wollten sie den Anfang des Horst Wessel-Liedes bedeuten: Die Reihen fest geschlossen. Schengen! Hier sind alle Grenzen dicht, hier kommt keiner durch. Wir teilen nicht, nicht unsere Fischstäbchen und unsere Zeitung noch viel weniger, sogar das, was auf unseren Ortstafeln zu stehen kommt, bestimmen wir. Das steht uns zu. Wie in Leni Riefenstahls »Triumph des Willens« stehen sie da, Triumph des Stehens mitten in der Götterdämmerung, und bewachen einen Berggipfel.
Nein, an Schokolade und lila Kühe denkt man bei dieser eingebräunten Garde nicht, eher schon an die eingefrorene Armee der Toten im Kyffhäuser, die bereit ist wiederaufzutauen, zu richten die Lebenden (Beltrametti) und die Toten (Nierlich). Freundlich sehen sie nicht gerade drein, nur an Pepi Joseph Stobls Lippen hat das Lächeln kurz genippt, alle anderen sind verbissen, unverstanden, und haben den Gefrierbrand in den Augen, so dass ich mir lieber nicht vorstellen mag, wie das etwa auf einen Holocaust-Überlebenden wirkt, der nach 57 Jahren Österreich noch einmal wiedersieht. Die stehen ja noch immer

und feiern Urständ, fröhliche.
Österreichs stärkstes Team schaut derart martialisch und soldatisch drein, dass man ihm lieber nicht begegnen will. Freilich kommt einem bei soviel Standhaftigkeit und Ernst auch irgendwann das aufgelegte Lachen aus. Gleichen sie mit den im Rücken verborgenen Händen nicht auch einem Sträflingszug in Ketten, den man in die letzte Welt führt, weit entfernt von jeder Bettenreiter- und Ikea-Zivilisation? Aber was verstecken sie? Einen Polsterzipf? Oder doch das Temelín-Volksbegehren?
Was bedeutet Temelín eigentlich? Stammt es von den vertriebenen spanischen Juden, die im 17. Jahrhundert über Böhmen nach Polen gezogen sind? *Temor* heißt auf spanisch Angst, und »lin« ist ein Diminutiv, dann heißt Temelín soviel wie Ängstlein. Aber wer fürchtet sich vor wem? Die Lieger vor den Stehern, diese vor der Niederlage? Oder alle vor den Eingesessenen? Vorm Auftauen? Vorm Sponsor? Vor der Schilling Zeitung?
– Steht nicht so blöd, möchte man den Dauerstehern des österreichischen Schiteams zurufen, aber sie würden einen nicht verstehen. Das stehen sie durch.

Dazu ein Leserbrief von Frau Marta Rieß aus Steyr, ebenfalls abgedruckt in der *Presse*:
»Franzobel eine Belästigung? Was will er denn, der Franzobel? Ob er's weiß? Dass er lieber liegt als steht, geschweige sich bewegt, ist seine Sache, dass er das Skifahren im besonderen und die Skifahrer im allgemeinen nicht mag, ist Geschmackssache. Und

dass ihn nicht nur die Skifahrer nicht verstehen, ist kein Wunder.
Man müsste aber meinen, dass es unter dem Niveau der ›Presse‹ ist, ihre Leser mit solch schwachsinnig/konfus/schwülstigen Ergüssen eines angeblichen ›Vorzeige-Literaten‹ zu belästigen. Oder waren es die Hiebe auf die Kronen Zeitung die einen solchen ›Schmarrn‹ für veröffentlichungswert erscheinen ließen? Aber hat denn das ›Die Presse‹ nötig?«

Und etwas später, am 6. 2. 02, erschien dann auch noch in der *Presse*:
»Die Wogen gingen hoch, weil Dichterfürst Franzobel in der ›Presse‹in ›Literatur im Sport‹ ein Werbe-Plakat mit heimischen Skistars zum Anlass genommen hatte, um den Bogen vom ÖSV bis zum Dritten Reich zu spannen. ›Wir haben mit Ewiggestrigem nix zu tun, wir sind vielmehr ein modernes Unternehmen mit hervorragendem Management‹, distanziert sich Ski-Präsident Peter Schröcksnadel einerseits von solchen Vorwürfen, die ihn und die rotweißroten Pistenartisten ganz sicher nicht auf die Watchlist setzen würden. ›Das ist doch unbedeutend in Amerika. Und zur Freiheit der Dichter, die keinem Pressegesetz unterliegen, gehört auch die Narrenfreiheit, dass sie jeden Blödsinn schreiben dürfen!‹
Damit ist für Schröcksnadel dieses Thema abgehakt, obschon er anmerkt, ›dass es logisch ist, dass jene, die Erfolg haben, der Stolz der Nation sind, das hat der Sport an sich. Mir wär's sogar recht, würd's mehrere Verbände mit erfolgreichen Sportlern geben. Ich den-

ke, dass das Nationalbewusstsein wichtig ist – gerade in EU-Zeiten braucht man diese Identität!‹ Und wer da heimische Zustände aufs Korn nehme, der sollte besser nach Amerika schauen, ›dagegen sind wir mehr als bescheiden. Die Amerikaner zelebrieren es immer wieder, wie mächtig sie sind, im Sport, in der Wirtschaft und in der Politik!‹ – Zwei Sätze weiter unten spricht er dann von den zehn nackten Negerlein …«

12.000 Kondome

Füße sind sonderbare Wesen, besonders Zehen, die mich schon seit je an Außerirdische und Schildkrötenköpfe erinnern. Beinahe das ganze Jahr sind sie versteckt und eingesockt im Schuhpanzer – wie Schildkrötenköpfe. Im Gesicht, so heißt es, gräbt sich mit den Jahren alles Leben ein, wird der Charakter Fleisch. Wie aber steht es mit den Füßen? Wird auch an ihnen Lust und Leiden eines Menschen offenbar? Natürlich, sagt die Fußreflex-Masseurin und trinkt ein Glas Kombucha. In der Fußsohle ist der ganze Mensch zu sehen, was er alles ausgestanden hat. In der chinesischen ganzheitlichen Medizin, erklärt sie mir beim Sohlekneten, steht jedes Organ für einen bestimmten seelischen Bereich, Nieren etwa für die Angst, Leber für Zorn und Herz für Traurigkeit. Und Knie? frage ich begeistert, warum gibt es so viele Knieoperationen? Spiegelt sich im Knie das Karrieredenken unserer Zeit, das Nicht-umgehen-Können mit Niederlagen? Eine Gewichtsverlagerung? Gehörte früher einmal die Tuberkulose zum guten Ton, so lässt sich heute, wer was gelten will, am Knie operieren.

Davon, sagt die Masseurin, weiß sie nichts, und drückt auf einen Punkt, der mir einen Stromstoß bis ins Zahnfleisch jagt. Sofort fallen mir die Siegesgöttinnen Nike und Viktoria sowie ein paar Olympiasieger ein. Aber Verlierer? Gibt es auch Götter für die

Niederlage? *Kniebolo* vielleicht, der Name, den Ernst Jünger für Hitler übrig hatte.
Unsere ganze Kultur ist auf Sieger aus, mit ihnen macht man Werbung, Politik, mit Siegern identifiziert man sich, während man von den Verlierern, wenn sie nicht gerade Vorzeige-Looser wie englische Skispringer oder kubanische Bobfahrer sind, nichts wissen will. Und dabei ist die Niederlage das intensivere, wertvollere Gefühl, lebt sie doch eine Urangst aus: Ich werde nicht geliebt, ich habe keine Macht, bin nicht potent, ich bin verloren und nichts wert. Und jede Niederlage ist ein kleiner Tod. Die Niederlage erdet, während der Erfolg wurzellos macht.
Die Niederlage der Blattlaus am Salatblatt im Maul der Schildkröte ist aber eine andere als die, bei der einem im Frühjahr eine Sommerhose nicht mehr passt. Ebenso ist ein negativer Arztbefund wieder ein anderer Nichtsieg, als wenn man eine olympische Medaille nicht gewinnt. Und doch muss dieses Gefühl der Enttäuschung und des Scheiterns schrecklich sein. Das Schlimmste aber ist, es gibt keinen Trost, nur *Nimm-es-nicht-so-tragisch*-Heuchelei.
Kaum jemand hat gelernt, mit Niederlagen umzugehen, sie auszustehen. Vielleicht daher diese vielen Knieprobleme, 12.000 Kondome, die der Veranstalter wie ein gigantisches Supersicherheitsnetz im olympischen Dorf verteilt, die Wut der Verlierer aufzufangen. Schöner freilich fände ich, wenn die Sieger zum Zeichen ihrer Demut den Besiegten die Füße waschen müssten. Dann stünde auch kein massiver Schleichhandel mit Samenbanken zu befürchten, wä-

re keine Gefahr, dass sich irgendein Reinigungsdienstmensch ein Zusatzbrot verdient, indem er das von europäischen Sporthilfen geförderte Genmaterial aus Mülleimern klaubt und verkauft. Oder ist das intendiert, wird heimlich längst auf Schifahrersamenbanken spekuliert?
Blabla, sagt die Masseurin, die selbst einmal Juniorenmeisterin im Riesentorlauf gewesen ist, sie findet die Kondome gut, schon alleine deshalb, weil ihr Mann Vertreter für Nuk ist, und die erzeugen nicht nur Babyprodukte, sondern auch Kondome, können also nicht verlieren. Warum sie eigentlich mit ihrer Schifahrerkarriere aufgehört habe, will ich noch wissen. Tja, massiert sie nun so stark, dass mir die Plomben aus den Zähnen springen: Knieprobleme! Oder glauben Sie, ich habe mit Kondomen Schildkröten erstickt?

Das wird von den Medien hochsterilisiert.

Bruno Labbadia

Tod am Berg Isel, oder eine Scham, die fliegt

Faszinationen beginnen nicht, sie brechen aus, grausam, unbarmherzig, so wie rohe Bestien verschlingen sie alles, und ehe man sichs versieht, steckt man schon mitten im jubelnden Rachen eines absurden, erbarmungslosen Veranstaltungsungeheuers, das seine Helden hervorkarnickelt wie Argentinien seine Präsidenten: Die Vierschanzentournee.
Und dabei ist es noch gar nicht lange her, dass gerade Schispringen der kleinste gemeinsame Nenner für Sporthasser und Fans gewesen ist. Schispringen mochte niemand, Schispringen, war man sich einig, ist so notwendig wie ein Kropf, und allenfalls zum Spekulieren über jene Baldur Preimlschen Menüplantheoreme gut, nach denen die Springer sich zur Steigerung des Fluggefühls von Lemuren, Eichkätzchen und Papierfliegern ernähren müssten. Ich alleine hielt dagegen, verbrachte ganze Weißflog-Generationen vor dem Fernseher, und gedachte meines seligen Großvaters, der mir noch zu Zeiten eines Willi Pürstl oder Hans-Jörg Aschenwald die stupide Kunst des Weitenschätzens beigebracht hat.
Damals gab es noch Weitenrichter. Geklonte Outwachler, die stundenlang in ihrer Dominosteinkette am Auslauf standen, um bei gegebenem Anlass ein Fähnchen hochzuhalten. Oder war es ein Schistock? Ob die untereinander gewettet oder sich gepiesackt haben? Gab es einen Weitenrichterstammtisch? Fort-

bildungskurse? Schmiergelder? Und was war ihr Sold? Ein Paar Würstl? Waren ihre Posten erblich? Und wie war ihr Verhältnis zu den Punkterichtern? Über die Zunft der Weitenrichter ist so gut wie nichts bekannt. Daran konnte noch nicht einmal Thomas Mann, der sich auch darin versuchte, etwas ändern. Auch wenn es von allen Biographen diskret verschwiegen wird, ist die letzte Freude des gealterten Thomas Mann Schispringen gewesen. O ja, von den plötzlichen Versteifungen hat er geschwärmt, von den zusammengerollten Körpern, die wie Faschingspfeifchen die Sprungschanze hinunterschleichen, um plötzlich zu erstarren und wie fliegende Flöten durch die Himmelskuppel zu pfeifen. Schispringen ist das Mit-den-Elementen-Kopulieren der nördlichen Hemisphäre. Was im brasilianischen Karneval mit exzessivem Hüftkreisen zu Ehren der Pacha Mama geschieht, ist hier ein milchgesichtiges Luftstechen. In leiser sich regender Sinnlichkeit wird der Kopf nach vor gereckt, die angefeuchteten Lippen fest geschlossen, gleichen diese Schispringer dem Silberpapier, trennen die Verpackung von der Schokolade, Himmel von der Erde. Wie zergehende Butter sind sie auf dem Grießkoch, zerlaufen, um in der Höhe und der Weite zu versickern, im Angelusläuten.
Und dabei musste sich der verklemmt homophile Thomas Mann, dessen Altersgesicht dieselbe Verbissenheit zeigt wie der junge Janne Ahonen, noch mit dem ordinären Kacherl-Aufsprung und einer doppelten Sieg-Heil-Armhaltung abfinden. Nicht auszudenken, zu welch fulminantem *Felix Krull* ihn womöglich

das gespreizte Boklöv-V, Adam Malysz oder gar die phallische Körperhaltung inspiriert hätte? Na, und erst Sven Hannawald, der die Schambehaarung schon im Namen trägt? Wie hätte mit so einer One-boy-Boy-group wohl der *Tod in Venedig* ausgesehen? Tod am Berg Isel? Und von welch einem Aufwind wäre *Doktor Faustus* getragen?! Wie erst hieße da der *Zauberberg*?

Schispringer sind ein bisschen die Fortsetzung dessen, was früher Kastraten-Sänger waren, ausgestellte Kasteiungen, deren Kunst nur über den Defekt passiert, das Abgemagerte, das Suppenkasparhafte. Vermutlich ist das auch der Grund für die Popularität der Vierschanzentournee: Während die weihnachtskeks- und marzipanschweinschwangeren Bäuche vor den Fernsehern verdauen, segeln pubertierende, leicht morbide Bulimiker durch die Luft, lassen einen die Schwere der Feiertage im Körper vergessen, das Verlies unserer Seelen im Festtagsbratenkörper. Wie aber werden künftige Generationen über diese Hungerkünstler-Veranstaltung denken, bei der Trainer wie der Hauptmann in *Takeshis Castle* darauf lauern, dass sich in den Elementen eine Lücke zeigt, in die sie mit einem einzigen Wink ihre Schützlinge dann jagen können? Mitten hinein in den Schlund der im Auslauf lauernden Begeisterungsbestie, damit sich die Faszination noch weiter fortpflanzt, bevor die nächste Ungeheuerlichkeit geboren wird, zum Beispiel Lumberjacking oder Eistanzen. Bis es aber soweit ist, sieht man die Bretter in den Augen der Bäume nicht vor lauter Hannawald.

Über die Pausenexistenz

Seit Jahren lässt mir die Frage keine Ruh', was mit dem Licht im Kühlschrank bei geschlossener Tür geschieht. Ob es wirklich, wie man immer sagt, erlischt, damit die Butter und die Milch im Dunklen liegt, in einer ungeheuren Einsamkeit? Oder ob nicht doch, was ich mir wünschen täte, es heimlich weiterleuchtet? Man müsste in den Kühlschrank einen Türspion montieren und dann das Licht mit einer Digitalkamera photographieren. Dann erst hätte man Gewissheit.

Digitalkameras sind eine wirkliche Errungenschaft, keine roten Augen mehr, keine Unschärfen, keine Verwackler, nichts. Alle Photos werden so, wie man sie haben will. Und doch geht mir bei soviel Perfektion auch etwas ab, die Spannung und die Nervosität beim Filmabgeben. Hat man die Kappe abgenommen, alles richtig eingestellt? Auch die Freude, wenn das Ergebnis doch so halbwegs taugt, fällt bei der Digitalkamera weg. Dabei ist das Abholen entwickelter Filme wie Osternester finden, Pausenansprachen von Fußballtrainern hören, Kühlschranktüren öffnen – man weiß nie, was drinnen ist. Licht oder Finsternis? Was, wenn Jesus am Karfreitag, noch am Kreuze hängend, gleich nachdem ihm der in Essig getränkte Schwamm gereicht worden ist, auferstanden wäre? Ein Wunder, hätte man geschrien, ein neuer alter David Copperfield, um ihn wenig später zu vergessen.

Nein, die Pause macht schon Sinn. Manche Fußballspiele würden ohne Pause ewig im sinnlosen Geplänkel sich vergehen, während sie nach einer Pause oft erst richtig loslegen. Natürlich gibt es auch den umgekehrten Fall, wo einer tollen ersten Halbzeit ein vorsichtiges Taktieren in der zweiten folgt. Fußballspiele sind wie Ostereier, eine Seite spitz, die andere gemächlich, rund. Die Hälften sind fast immer grundverschieden. Ob das an den Pausen liegt, an dem, was der Trainer seinen Spielern sagt? Oder ist es etwas Psychologisches? Ein Zwischenzeiteffekt?
Von der Energieversorgung weiß man, dass die Pause, diese gemächliche Zeit, in der man selbst schnell wohin geht, die Kühlschranktüre öffnet, sich des Lichtes vergewissert, ein Brot schmiert, Schokolade aus dem Keller holt, dass dieser Karsamstag eines Fußballspiels, die Pause also, die gefährlichste Zeit überhaupt ist. Nirgendwann sonst erreicht der Wasser- und der Stromverbrauch derartige Spitzen, nirgendwann sonst werden gleichzeitig, weltweit vielleicht sogar, Millionen Klospülungen und Lichtschalter betätigt, erreicht man eine derartig ungeheuerliche Synchronizität. Bislang ist ja noch nie etwas passiert, zumindest weiß man nichts davon, doch halte ich die Pause eines Fußballweltmeisterschaftsfinales für gefährlicher als den in Zeitzonen zerteilten Milleniumsbeginn. Schon alleine die Resonanz von Milliarden Klogehern, Kühlschranköffnern und Bierholern könnte eine Verschiebung der tektonischen Erdplatten ergeben, die in Verbindung mit einem weltweiten Stromausfall alle möglichen Katastro-

phenszenarien ermöglichte – zumindest einen Hollywoodfilm.
So gesehen ist klar, weshalb das Licht im Kühlschrank immer brennen muss, eigentlich sollte es sogar ausgehen, sobald man den Kühlschrank öffnet. Wie auch alle Pausengespräche zwischen Trainern und Spielern sofort verstummen müssen, sobald man sie ans Licht der Öffentlichkeit zerrt, weswegen es auch besser ist, sie im Dunkeln zu belassen, in der Einsamkeit zwischen Kreuzigung und Auferstehung, in der Grauzone, wo einem auch die Hoffnung bleibt, dass die FIFA, wenn sie schon sonst nicht viel zu tun hat, sich vielleicht mit der Entwicklung einer solchen neuen Kühlschranktype plagt.

Über den Rand

Das Universum, will man den Physikern glauben, ist unendlich und endlich zugleich. Dort, wo kein Universum mehr ist, ist nichts, nicht einmal nichtnichts. Ein großes schwarzes Loch, das alles anzieht. Das Universum ist wie Fußball, nichts entgeht ihm. Wenn schon keine Weltmeisterschaftsqualifikation mehr ist, ist noch immer eine Weltmeisterschaftsqualifikation, und daneben ist das Nichts, Freude und Enttäuschung. Verschoben! Doch der Mensch und Fußballfan ist nicht angelegt, so etwas zu begreifen. Vielleicht ist das Universum ja wie eine Pizza, bei der es auch, wenn man über das Belegte und den Rand hinausgelangt, am Boden weitergeht. Oder gleicht das All den Schlingen und Durchdringungen beim Liebesspiel? Das Universum Fußball hat auch keine Grenze. Immer geht es weiter, mit oder ohne Österreich. Und kaum ist es wo zu Ende, setzt es sich schon im Paralleluniversum eines Nachtragsspieles fort. Kaum ist man aus der einen Tabelle draußen, fängt auch schon die nächste an. Die Hoffnung, sie stirbt nie, und niemals reicht sie aus.
Ähnlich ist es mit der Angst. Immer ist sie da, in Österreich besonders. Angst vorm Tod, vorm Ausscheiden, vorm Nichts. Angst ist ungelebtes Leben, etwas Unfreies und Unbefriedigtes. Angst ist immer Furcht vor dem Verlust. Dabei, was haben wir schon viel? Drei Punkte mehr als Israel. Ich, der unter

Klaustrophobie schon im Wort leidet, noch nie gerne geflogen bin und Abschiede nicht mag, weil das kleine Tode sind, Wiedersehen in Gott, und immer mehr Lulu als Held gewesen bin, habe für die Absage der mutlosen Neun zwar Verständnis, aber null Respekt. Bemerkenswert ist nur, dass, wenn man die Absagen auf die Gauß'sche Normalverteilungskurve überträgt, die Verteidigung die größte Beule hat. Vielleicht sickert ja die Spielerposition allmählich auch ins Denken, sind die Verteidiger auch in ihrem Alltag mehr auf Absicherung denn auf Risiko bedacht? Und umgekehrt, wenn man deduziert, dann wäre Mayrleb besser Verteidiger?
Auf österreichisch wird man sagen, jetzt ist diese Neunerflucht bedeutungslos. Doch ist sie das auf deutsch ja nicht. Denn was geschieht am 5. 11. oder wann auch immer? Und was wäre erst in der Türkei? Kurden und Erdbeben machen es auch dort nicht wirklich sicher. Privat darf natürlich jeder Lulu sein, soviel er will, aber einberufene Nationalspieler, Sportler, die für sich in Anspruch nehmen, Botschafter ihres Landes zu sein?
Der österreichische Fußball war immer irgendwie am Rand, stets ein Grenzfall in der Qualifikation, nun aber scheint es, da man sich sportliche Erfolge nur schwer anheiraten kann, haben wir uns einer anderen Qualität besonnen, der Diplomatie. Nur kommt man mit Nachtragsspielen und Verschiebungen nicht weit. Wenn man wo hin will, muss man sich auch seinen Grenzen nähern. Doch genau damit haben die österreichischen Fußballer Probleme, nicht nur, dass sie

sie ungern überschreiten, sie sind auch immer dann besonders toranfällig, wenn sich eine Spielzeit ihren Rändern nähert, besonders in den Zeiten unmittelbar vor und nach der Pause bekommen Österreicher oft die Tore, wirken sie dezentriert. Warum? Weil Österreicher glauben, Mittelpunkt der Welt zu sein? Dann sei gesagt, egal, wo man auch ist auf dieser Welt, die Wetteransager haben alle ihr Land so im Hintergrund, dass man es für den Weltennabel hält.
Dabei hat nur der Ball persönlich ein Ventil, als geometrische Figur aber ist er grenzenlos. So ähnlich, freilich mit einer Dimension mehr, muss auch das Universum sein. Grenzenlos. Und danach sehnen sich die Fußballfans, nach Helden der Oberflächlichkeit, nicht nach Angst und Politik. Fußballfans wollen etwas Rundes, Ungebrochenes. Jeder Pizza-Flitzer kann bestätigen, dass sich während eines Fußballspiels der Pizzakonsum um ein Vielfaches erhöht. Besonders die mit Salami ist beliebt. Auch die neumodischen Chips sind rund, Bierflaschen sowieso. Alles, bloß keine Kanten. Hoffen wir, dass die nebensächlichste Sache der Welt bald wieder damit aufhört, auf die Hauptsachen zu verweisen. Sonst hat Kegelscheiben eine Chance.

Inhalt

Hättewaritäti – eine sonderbare Spezies, unfinnisch . . .9
Buenos días, mein Ohr 13
Der Tag, an dem es Granada spielte. Córdoba 78 19
Einwurf 31
Unfall mit Trainer 39
Alles Blunzen 45
Sache die bedeutet. Ein Austausch 49
Friedhof der bitteren Orangen 55
Die Anatomie des Schiedsrichters 59
Ein Traum von einem Fußballfeld,
während Bush Afghanistan befiehlt 63
Wenn Futball passierte die Nacht der Genossen 69
Als nächstes bitte eine Frau 75
Winterpause: Heimschläfer und Friedenslicht 93
Ski 99
Österreichs stärkstes Team,
die Weltmeister im Stehen 109
12.000 Kondome 115
Tod am Berg Isel, oder eine Scham, die fliegt 121
Über die Pausenexistenz 125
Über den Rand 129

ESSAY 1

William H. Gass
Mit sich selber reden.
Für sich selber lesen.

1991, € 7,50

ESSAY 2

Klaus Hoffer
Pusztavolk

1991, € 4,50

ESSAY 3

Dieter Wellershoff
Double, Alter ego und
Schatten-Ich.

1991, € 6.-

ESSAY 4

Lucas Cejpek
Und Sie.
Jelinek in LUST

1991, € 4,50

ESSAY 5

Wolfgang Siegmund /
Julian Schutting
Väter

1991, € 4,50

ESSAY 6

Patrick Deville
Über wissenschaftliche und
poetische Schreibweisen

1992, € 6,-

ESSAY 7

Michel Butor
Die Stadt als Text

1992, € 6.-

ESSAY 8

Miodrag Pavlovic
Tempel und Opferritus

1993, € 11,50

ESSAY 9

Bodo Hell
Ernst Jandl
die wirklichen möglichkeiten

1992, € 6.-

ESSAY 10

Yoko Tawada
Das Fremde aus der Dose

1992, € 4,50

ESSAY 11

Elmar Schenkel
Sportliche Faulheit

1992, € 7,50

ESSAY 12

Christoph Bode
Den Text? Die Haut retten!

1992, € 7,50

Essay 13

Reinhard P. Gruber /
Ludwig Harig
Das Negerhafte in der Literatur

1992, € 6,-

Essay 14

Dieter Wellershoff
Im Lande des Alligators

1992, € 7,50

Essay 15

Werner Schwab
Der Dreck und das Gute.
Das Gute und der Dreck.

1992, € 6,-

Essay 16

Hans- Jürgen Heinrichs
Die geheimen Wunder des Reisens

1993, € 11,50

Essay 17

Walter Seitter
Hans von Marées.
Ein anderer Philosoph

1993, € 7,50

Essay 18

Brigitte Kronauer
Literatur und schöns Blümelein

1993, € 6.-

Essay 19

Rada Iveković
Jugoslawischer Salat

1993, € 7,50

Essay 20

Paul Wühr
Wenn man mich so reden hört

1993, € 11,50

Essay 21

Desző Tandori
Startlampe ohne Bahn

1994, € 11,50

Essay 22

Felix Philipp Ingold
Autorschaft und Management

1993, € 7,50

Essay 23

Sabine Scholl
Wie komme ich dazu?

1994, € 11,50

Essay 24

Irena Vrkljan
Vor roter Wand. 1991 – 1993

1994, € 7,50

ESSAY 25

Henri Michaux
Ideogramme in China
1994, € 7,50

ESSAY 26

Dragana Tomašević
Briefe nach Sarajevo
1995, € 11,50

ESSAY 27

Robert Kelly/Jaques Roubaud/
Schuldt
Abziehbilder, heimgeholt
1995, € 11,50

ESSAY 28

Elfriede Czurda
Buchstäblich: Unmenschen
1995, € 15,50

ESSAY 29

Helga Glantschnig
Entrée: Die Frau
1995, € 7,50

ESSAY 30

Felix Philipp Ingold /
Bruno Steiger
Unter sich. Briefe
1996, € 15,50

ESSAY 31

Miguel de Unamuno
Plädoyer des Müßiggangs
1996, € 11,50

ESSAY 32

Birgit Kempker
Liebe Kunst
1997, € 11,50

ESSAY 33

Thomas Hettche
Das Sehen gehört zu den glänzenden und farbigen Dingen
1997, € 7,50

ESSAY 34

Michael Rumpf
Gefühlsgänge
1997, € 11,50

ESSAY 35

Thomas Stölzel
Ein Säulenheiliger ohne Säule. E. M. Cioran
1998, € 11,50

ESSAY 36

Henri Michaux
Von Sprachen und Schriften
1998, € 11,50

ESSAY 37

Franz Josef Czernin
Dichtung als Erkenntnis.
Zur Poesie und Poetik Paul Wührs

1999, € 11,50

ESSAY 38

Hans-Jürgen Heinrichs
Der Wunsch nach einer souveränen Existenz. Georges Bataille

1999, € 14.-

ESSAY 39

Ingram Hartinger
Über den Versuch

1999, € 9,50

ESSAY 40

Jean Baudrillard
Architektur: Wahrheit oder Radikalität?

1999, € 9,50

ESSAY 41

Jesper Svenbro
Ameisenwege. Figuren der Schrift und des Lesens in der Antike

2000, € 11,50

ESSAY 42

Miguel de Unamuno
Wie man einen Roman macht

2000, € 11,50

ESSAY 43

Bettina Balàka
Messer

2000, € 7,50

ESSAY 44

Rada Iveković
Autopsie des Balkans

2001, € 15,50

ESSAY 45

Franzobel
Mundial
Gebete an den Fußballgott

2002, € 15.-

ESSAY 46

Dorothea Dieckmann
Sprachversagen

2002, € 12.-

ESSAY 47

Paul Wühr
Was ich noch vergessen habe

2002, € 12.-

ESSAY 48

Franz Josef Czernin
Voraussetzungen

2002, € 12.-